恋すてふ　わが名はまだき　立ちにけり
人知れずこそ　思ひそめしか

JN210592

イラスト／榎のと
デザイン／BEE-PEE

こひすてふ

土屋浩

御厨紀伊と言えば、国立市の画壇では知らぬ者のいない俊才だった。この幼女は同市の権力者たる画家、政治家などの諸先生方からの人気を一身に集め、未来のダビンチ、鳥羽の僧正と周囲の期待を一身に浴びていた人物だ。

しかし、『この文章を書いている本人が御厨紀伊その人であったりする』と言うと、何やら文脈からドクダミのようなうさん臭さが漂ってくる。とはいえ、私をペテン師卑劣漢と罵るのはまだ早い。私自身から染み出る草の汁のようなうさん臭さを否定はしないが、これはあくまで私の恥の羅列なのである。重い唐櫃に詰めて海に沈めてしかるべきものであって、間違っても自慢話ではない。落ち着いて読み進んでほしい。

もはや記憶に残している者などおらぬだろうが、私は幼児の頃に、あるテレビ番組に取り上げられたことがある。それは、子供の才気あふれる様子を特集した正月番組で、三味線からスプリント競技まで、東西の俊才たちを集め、太鼓持ちよろしく褒めたたえようという趣旨の番組だった。そこで私は、画力、創造性、ともに併せ持った逸材であると称賛され、未来のクールベ、葛飾北斎と讃えられた。

今にして思うと、それは、初めから子供の才能を讃えようと身構えていた番組だったので、私も出ていたほかの子供たちもブラウン管越しに見た姿ほど、輝いた才能を持ってはいなかった。しかし、その事実を幼児の私に理解しろというのは酷なことだろう。

当時の私といったら、蟻《あり》の巣をほじくることを至上の喜びとし、絵画を習っている姉について行って、一緒に習い事を受けたいというような無垢《むく》な妹だった。勤勉ではあるが、客観的な賢しさは持ち合わせていない娘だった。

妹の行く末を気にかけていた姉には、日々己の頓馬《とんま》を自覚せよと自戒を促されていたが、全国放送で優秀だと言われれば、優秀であるような気になってくるのが人情というものだ。さらに、天才だと褒められれば、天才であったような気分になってくるのが人間の心というものだ。そして言わずもがな、頓馬は褒められるのに弱くできている。かくして私は増長した。ああ、なるほど。私は天才なのかと、すっかり受け入れてしまった。

中学に上がる頃には、訳知り顔で美術部の同輩たちに自らの絵画理論を語り、ルネサンスの巨匠もかくやという雲上の高さから、彼らにアドバイスを送るような人間になっていた。

庶民を導くことこそ天才たる自分の役目であると、勝手に納得してさえいた。

ここまで書いた私が、そろそろ手近にあるイーゼルで頭蓋《ずがい》を割りたい気分になっているこ とがお分かりだろうか？

分からん？　だろうね。では、私の才能というものがどのようなものであったかご理解いただくために、ある陸上競技者のコラムを引用しようと思う。

『才能というものは、波のようなものだ。人間のピークと言ってもいい。その小さなピークを大きな大会の日程にうまく合わせることができるのがよい競技者であり、大きなピークを肉体的に成熟した青年期に合わせることができた者が、プロとして世界を渡っていける競技者となる。未成熟な子供の頃にピークが来た人物は神童と呼ばれ、もてはやされるが、そういった子供が、成人してプロになれたという話は聞いたことがない。また、幼児の天才ピアニストが成人してもまだ天才ピアニストであった例を自分は知らない。なぜなら、そのようなピークを合わせそこなった人間を、プロの世界は歓迎しないからだ』

と、まあそういうことなのだ。少なくとも私の才能とは、使うと消費してなくなってしまうタイプのものだった。だから、中学に上がった私の作品は、賞を取るに値しない平凡な物だったし、私もうすうすそれに気付いていた。気付いてはいるが、気付くわけにはいかないと、見て見ぬふりを決め込んだ。

恥ずかしながら、私は才能をもてはやされて調子に乗った子供であり、先の例に漏れずに幼年期のうちに人生の絶頂期は終わってしまった。おごる平家《へいけ》は久しからず。おごるほどではなかった私の才能の枯渇は早かった。

ただ、それを中学生の私に理解しろと言うのは酷なことだろう。

○

芸術は酒に似ている。

高校生の言葉とは思えないが、昨日私と同じ高校の美術部員が言った言葉である。いくら愛しても色よい返事はもらえず、何度裏切られ、傷つけられても我々は芸術から離れることができない。その点では芸術は恋愛にも似ているそうだ。

しかし、そんなこと言われたところで、私にはさっぱり分からん。日陰の虫みたいな女にそんなこと分かるわけがない。恋愛の経験などないし、酔っ払いが醸し出すすえた酒の匂《にお》いも嫌いだ。酒とも殿方ともよい出会いに遭遇する機会のないうちに、どちらも知らずに一生が終わる気がする。

幼児の頃は、小学校から中学校へ、双六《すごろく》のように駒《こま》を進めていくと、そこには当然のように恋愛というイベントがあるものなのだと勝手に信じ込んでいた。しかし、中学校ではクスリともそんなイベントは起こらなかった。当然である。起こるよう努力をしていなかったのだから。世の中の乙女は恋をするために睫毛《まつげ》を貼《は》り付けたり、まぶたを貼り付けたりと頑張って顔面に加工を施している。そんな気力もない私には、きっと高校でも何のイベントも起こらないだろう。

高二の春の黄昏《たそがれ》、美術室の片隅で、私はそんなとりとめのないことを考えていた。あまりに妄想に集中しすぎたために、目の前のデッサンはまったく進んでいない。私は雑念を振り払い、石膏像《せっこうぞう》に目を向けて鉛筆を動かした。

美術部の部員は総勢十二人、文化部としては多いほうだ。しかし、実質的に活動している部員は私を含めて二人しかいなかった。

わが校で将来の進路として美術を志す者は美術部に入り、美術教師にその熱い志を伝える。そして、志を聞いた美術教師は即座に対応してこう答える。

「予備校の芸術コースに行け」

かくして、美術部はいつも開店休業の憂き目に遭う。進路指導に熱心な美術教諭による的確なアドバイスにより、美術部で活動する者は、その予備校にさえ肌が合わなかったあぶれ者のみとなっていた。いや、もう一人の部員は都の展覧会で賞などを取っての推薦狙《ねら》いなので、正確にはあぶれ者は私一人だ。

開店休業なので、いくらさぼろうが、UFOを呼ぼうが、石膏像と会話して親密なコンタクトに励もうが、叱《しか》る先輩はいない。降り注ぐのは、予備校からあぶれた私を見つめる美術教師の苦笑いに似た目線だけだった。

私は現実逃避ついでに一階下の部室から聞こえる合唱部の声に耳を傾けた。

わが校の合唱部は優秀である。都のコンクールの受賞常連校だそうだ。普段ならば、安心して耳を傾けることのできるBGMのはずだった。しかし、今日の合唱部はいたって不調らしく、先ほどから十分ほど同じフレーズをずっと繰り返し練習している。時折三年の先輩からの叱責《しっせき》が飛び、繰り返し、繰り返し。歌が先に進まぬ様子はさながら時空が裏返るがごとしだ。針のとんだレコードを聴いているような気持ち悪さに、私はめまいを感じた。


『経はにがし　春のゆふべを　奥の院の　二十五菩薩《ぼさつ》　歌うけたまへ』

鈴の鳴るような声で隣にいた美術部員がつぶやいた。それだけで、暗雲が立ち込めていた私の思考がぱっと晴れ渡った。

私は顔を上げ、彼女の長い睫毛を見つめた。こちらに気が付くそぶりはない。合唱部の声が鳴り響いている環境だ。本人はつぶやいていても聞き取れないと思っていたのだろう。

「誰《だれ》の歌？」

少しの間、彼女の美貌《びぼう》に見とれた後、私は聞き返した。

「ごめん、聞こえてた？」

彼女は静寂を乱したことを恥じるように謝った。彼女が謝るのが正当とするなら、合唱部は全員車輪轢《び》きになるだろう。

「あ、うるさかったんじゃあなくて――」

私がずっと意識を彼女に傾けていたから聞こえたのだ。

そう、私は自分の横にいる数少ない活動性の美術部員、藤田《ふじた》遥《はるか》に注目している。

彼女は、全校生徒が認める折り紙付きの美人である。同時に折り紙付きの変人である。その容姿と行動から、良い意味でも悪い意味でも『姫』と呼ばれるタイプの女だ。

彼女は常に真っすぐな背筋で、歩幅はコンパスのように定間隔を保ち、目線は前に一直線。腰まで届くぬばたまの黒髪を翻し歩くその様は、さながら平安貴族か花魁《おいらん》道中。登下校ですれ違って彼女の匂いを嗅《か》いだ者は、男女を問わずその毒気に当てられる。そして、その足で薬局に走り込み、彼女と同じ銘柄のシャンプーを買いあさる羽目となる。少々過剰気味に書いたが、彼女が誰もが振り返る美人であることは、動かぬ事実だ。有象無象《うぞうむぞう》は彼女の殺生石のようなオーラにただひれ伏すことしかできない。そして、私もまた、誘蛾灯《ゆうがとう》に惹《ひ》かれたその有象無象の一人だった。

こっそり彼女の姿や彼女の作品を写メし、フォルダーに貯《た》めたり、バレンタインに彼女用のチョコレートを作り、渡す勇気もなく、作ったその場で割って食ったりしている。我ながら見事な雑魚《ざこ》っぷりである。

さらに言うと、彼女は名家の生まれであるそうで、幼少より数多くの習い事をたしなんでおり、多芸多才、子建八斗《しけんはっと》。美術においてはその腕と技巧で都の美術展を荒らして回り、一部ヨーロッパ地域からの賛辞さえ飛び込んでくる。体育祭では皆が「だるう」「ハズいんですけどぉ」と、手を抜くのが不文律になっている障害物競走にて、卑劣としか見えない全力疾走を行って無駄に度肝を抜き、文化祭の舞台では弾き語りで世界各国の性的放送禁止用語を並べて自転車ショー歌を歌い切り、無暗《むやみ》に大人を騒がせている。なんだか無駄に自分のやるべき使命を確信していて、それに向かって真っすぐであろうと突き進んでいるように見える。そして、ちょっと方法を間違っているようにも見える。

そして今、東京タワーのごとく真っすぐに立って生きる彼女が勝手に確信し、熱中しているのが屏風歌《びょうぶうた》だった。

屏風歌とは、平安時代に流行《はや》った屏風の絵に対して歌人が和歌を添えたものである。日本画が大和絵《やまとえ》と言われるさらに以前から存在していたもので、日本画の形成の基盤となったものであろうと藤田さんは見ている。そして、そのことを無駄に確信している。大元の基盤こそ新しい芸術を形作る土台であり、立派な土台あってこそ、天にも届く富士山のごとき芸術が組み上がるのだと彼女は信じている。

だから、彼女は歌う。絵を描きながら、和歌を紡ぎながら、その接点を探っている。

そして、今日も彼女は美しい声で歌を紡ぎ続けている。

「与謝野晶子《よさのあきこ》だよ。やわはだの——と同じ頃の歌。意味も似たような感じだね。ありがたいお経もいいけれど、心地いい春の夕べだから、今日は歌って、菩薩でも口説こうかしら——ふざけた歌だよ。でも綺麗《きれい》でしょう?」

若さへの自信にあふれた歌なのだと、藤田さんは語った。

藤田さんは和歌のことを語るのが好きで、私は藤田さんが和歌を歌う声が好きだった。そして、彼女のストーカーたる私は、少なからぬ勉強をして、粘着質に彼女との会話の機会を狙っている。だから、私が藤田さんと話すのは和歌の話ばかりだった。

「お釈迦《しやか》様は何かを特別に思うことも、苦痛に通じると言うからねえ」

私は頭の中の国語教科書資料集を引っ張り出して言った。仏は愛して失うもまた苦しみの一つであると説いているそうな。

「そ、きっとブッダは与謝野晶子とは意見が合わないわね」

藤田さんはにやりと笑った。

「…………」

会話が途切れたので、私は顔を伏せて、自分の絵の作業に戻った。

「…………………」あれ？

藤田さんのストーカーたる私は、彼女が作業を再開する衣《きぬ》ずれの音を聞こうと耳をそばだてていたが、藤田さんの方向から一向にその気配が感じられない。

「？」

画用紙から顔を上げて様子をうかがうと、真っすぐこっちを見つめている藤田さんと目が合った。

「？？？」

心なしか私を見つめる姫のお顔が赤い。はて？　気を抜いて、うっかり下着をさらしたりしただろうか？　それはいけない猥褻《わいせつ》行為だ。私は形式的にスカートを整えた。

「ねえ、御厨さん。この後予定ある？」

「は？」

私は姫の会話の行く末が見えず、首を傾《かし》げた。

「暇だけど……」ボッチの予定を訊《き》くとは……精神攻撃であろうか？

「隣の市の企画展、たくさんチケットもらったから、どうかと思って」

デートに誘われた。

「え、いいの？」ボッチがうつるよ。

「ただ券だから。家の蔵から何点か貸したの。ほら、展覧会って関係者には嫌ってほど券をくれるでしょう？」

姫はさらっと蔵とか言った。私は今、猛烈に突っ込みたいが、姫の胸にチョップを入れるほど私は親しくない。

「……行く？」

直線的な彼女には珍しく、すこし語尾が揺らいだ。

「あ、うん、ありがとう」

断る理由もないので、券を受け取った。美術展の内容を確かめる。

『平安の文化と美術』

チケットには美しい蒔絵《まきえ》や掛け軸が躍っていた。ちょうど藤田さんが取り組んでいる屛風歌の題材にぴったりの企画だと思った。

「藤田さんが今描《か》いてる作品に関係あるじゃない。顧問の先生にも来てもらったら？　作品の相談に乗ってもらえるし」

「御厨さんと二人がいいの」

告られた。

「え……と」

私は藤田さんの意図がつかめず錯乱した。

「あ、ちょっとごめん」

入り口から呼ぶ声がして、頭を掻《か》きむしっている私を尻目《しりめ》に藤田さんは立ち上がった。

「あの人……」

イーゼルから覗《のぞ》き込むと、美術室の入り口に長身の男子生徒が神妙な面持ちで立っていた。彼は私を含めた藤田さんのストーカーたちはみんな知っている人物だった。

原田《はらだ》一馬《かずま》君、水泳部の部長で、半月前まで藤田さんと付き合っていた人――。

あ、これはだめなやつだ。私は見てはならぬものから目を背けるように、画用紙の裏に隠れた。

五分、十分、二人は教室の入り口を挟んで、声を落として話していた。耳を澄ませばここからでも内容は聞き取れそうだが、それはさすがに失礼かと思い、私は壊れたラジオのように繰り返されている合唱部の練習のほうに意識を集中した。

十分を少し過ぎた頃、パアンと何かが爆《は》ぜるような音が響いた。

「？」

私は視線を床に落とした。ちょうど、石膏像を落っことして割った時のような音だと思ったからだ。ああ、これは怒られるぞと床を見回したが、首を三百六十度回してみても、床には六つのナポレオン像のごとき惨劇は広がっていない。美術室は、相変わらず絵の具と木炭の臭《にお》いに満たされていて、床面には何の変化も見つけられなかった。

「はて……？」

顔を上げて、やっと状況がつかめた。立ったまま微動だにしていない藤田さんと、彼女を殴ってしまった原田君の固まった顔が見えた。彼女の頬《ほお》はみるみる赤く染まり、鼻から血の筋が流れた。

「へ？」

私は目の前の光景が信じられず、ただ目を見開いた。

「そういうことだから」

驚いたまま動けずにいる原田君を自分の視界から消すように、藤田さんは美術室の扉をばたんと閉めた。

「へ？　え？」どういうこと？

私は素っ頓狂な声を上げた。

え、なにこれ。

「あの人、前に付き合ってた人なのよ」

うん、知ってる。私は頷《うなず》いた。

歩いて戻ってきた藤田さんは、鼻血を拭《ぬぐ》おうとハンカチを出して手を止めた。

「使う？」

私がデッサンで使っている箱ティッシュを差し出すと、ありがとう、と言って藤田さんは数枚受け取って鼻に詰めた。

私は彼女のハンカチに手の込んだ刺繍《ししゅう》が施されていることを知っている。彼女の友人で手芸部の子がやってくれたものだ、血で汚すわけにはいくまい。

「染みにならない？」

私は血の滴の落ちた彼女の服に目をやった。

「今更でしょう」

彼女は滴の落ちた自分のブラウスをつまんで見せた。血のほかにも絵の具や木炭の粉がいくつも飛んでいる。美術部の服なんてそんな物だ。その点だけは私も彼女も変わりがなかった。藤田さんは首筋を叩《たた》き、鼻血が止まるように上を向いて話し出した。

「まだ好きなんだって言うから、言ってあげたの。運動部って気持ち悪いわ、近くに行くと臭うし、変な連帯感が大嫌い。私そういうの我慢できないの、って」

なるほど、そんなことを言えば、かなり温厚な相手でも手が出ることだろう。でもやっぱり、私には藤田さんがそんなことを言う理由が分からない。藤田さんの趣味はスポーツ観戦だし、石膏像も骨の太い筋肉系が好みだ。汗の臭いも好物だったはず。

「殴られるようなことを言うのね」

自分内で数秒悩み、結局好奇心が勝ってそう尋ねた。

「殴られるつもりで言ったのよ」

「へ？」阿保《あほ》か。「なにも好き好んで殴られなくてもいいじゃない」

「そうかしら？」

普通そうです。趣味によるけど。

「じゃあ、優しい言葉をかけて、あの人の中でいい女ってことでずっと記憶に残るの？　冗談じゃあないわ、私は、あの人に何もしてあげられないの、気持ちにも応《こた》えられないし、思い出すこともしない。それなのに、相手の記憶にいつまでも優しい彼女で残って、ずっとあの人の人生に影響を及ぼし続けるの？　十年、二十年、そして、死ぬ時の走馬燈《そうまとう》にまで顔を出すの？　最悪。そんなの最低だわ。悪いことって色々あるけど、触れるつもりのない他人の人生にずっと影響だけしていたいって思うのが一番最低だと思う。仮にも好きだった人にそんな礼儀知らずなこと、私はしたくない」

藤田さんは淡々とそう言った。やっぱりこの人変だ。

「やり方が過激すぎると思うけど」

私は素直な感想を言った。

「そうかな。好きになってあげられないなら、徹底的に嫌われるのが、相手の次の恋への応援だわ」

「そんなに強く縁を切る必要ってある？　……あ、そっか藤田さん留学するの？」

藤田さんはバリバリの写実派だ。正直、日本では写実性の高すぎる絵の評価が低い。よって、藤田さんの絵もまた日本より海外のほうが高く評価される。これは私の個人的な見解ではない。彼女は実際に去年イタリアでいくつか賞を取っている。その時に受けた賛辞は日本の比ではなかった。

「え、しないよ。外人嫌いだし、私がやりたいの日本画だし」

それが違うということになると、君が好んで元恋人に暴言を吐く人になってしまうけど、よろしいですか？

「それに、兄ちゃんは留学先で死んじゃってるから海外とかは嫌だな。ちょっと風邪《かぜ》をこじらせたってメールが来て、そのまんま。あっけないもんだよ」

藤田さんはティッシュの詰まった鼻をすんと鳴らした。

「あ、ごめん！」

変な方向に話を先導してしまった。私は平謝りに頭を下げた。

藤田さんに兄がいたことは知っていた。大学で海外に留学して。実績を重ね、音楽家として期待されていた人なのだという。きちんとした天才の見本である。

「もう何年も前の話、気にしないで」

藤田さんは本当に何でもないように微笑《ほほえ》んだ。

「うん……美術館、今日はやめとこうか」

私は空気を読んだつもりで、そっと切り出した。

「やだ」

鼻にティッシュを詰めた藤田さんは、ぷくっと頬を膨らました。

「へ？」何言ってんだこの姫。

「今日って決めたの、私行く」鼻血姫は引かなかった。空気も読まなかった。「私のこと気遣ってるなら大丈夫。行こうよ」

「………」男に殴られたあなたと、そんな現場に居合わせてしまって、くずおれそうになっている私のメンタルを気遣っておりますが？

「私行くから。だって、恋じゃなくて芸術選んだんだもの」

私は精一杯しょっぱい顔をしたが、平民クラスの私が姫のわがままに逆らえるわけもなかった。結局私たちは連れ立って美術館に行くことになった。

美術展は隣の市の大きな美術館で行われていた。市営美術館の企画展にしては来客も多く、私は少し胸が躍った。

しかし、入場してみると、最初の展示場には、予想したほど絵画作品は見られなかった。入り口に源氏物語絵巻の写しが展示されていただけで、その先には明かりを落とした展示室に、所狭しと壺《つぼ》や工芸品の展示が一面並んでいるばかりだった。絵巻物ばかりを期待していた私は、少し肩すかしを食らった。

うむと穴が開くほど美しい細工物を見つめてみたが、皆目価値は分からない。

何か気の利いたことを言って藤田さんに一目置かれたい！　という願望を抱えて蒔絵を見つめるが、（お高いんだろうな）以外の感想がまったく湧《わ》かない。

顔を上げると、すぐ横に藤田さんの顔があった。難しい顔をして展示を見つめている私を、難しい顔をして見つめていた。

「それつまんないから先に行こうよ」

姫は平安の名工をバッサリお切りになられた。

気張っていた自分が恥ずかしくなり、私はしゅんとした。

「ほらこっち」

藤田さんに手を引かれて最初の展示室を出ると、景色が開けた。

「おおう」

四方を絵に囲まれた。大展示室を大和絵が躍っていた。

平安文学を題材にしたもの、竹取物語や宇津保《うつほ》物語の絵巻物が躍り、俵藤太《たわらとうた》や頼《より》光《みつ》四天王など、平安期に活躍した人々の絵物語が展示室を埋めていた。

頼光四天王が血の滴る酒呑童子《しゅてんどうじ》の首を担いでいるのや、巨大蜘蛛《ぐも》のどてっぱらに太《た》刀《ち》をつきこむ武士を見て興奮する乙女という絵面もどうかと思うが、好きな物は仕方がない。私の胸は高鳴った。

「ここら辺は平安の物語を鎌倉《かまくら》以降に描いたものだよ」

「へえ」

私は藤田さんの声を聞きながら展示ケースにへばりついて、鑑賞モードに入ろうとした。

「見せたいのはこっち」

私は絵巻から引きはがされた。源《みなもと》頼光のひげ面に心を惹かれつつ、藤田さんに大展示場の中心まで引っ張られた。

「あれよ」

藤田さんは私に顔を寄せて正面の屏風絵を指さした。

「お」

木の枝に二羽の雀《すずめ》がとまっている、ただそれだけの掛け軸だった。でも――。

「いいでしょう」

藤田さんはにやりと笑った。

「――うん」私は頷いた。なにが、とはうまく言えないけど、目が離せない。心臓が高鳴り、こめかみに血が流れていく脈動を感じる。まるで恋をしたみたいに血が体を駆け巡るのを感じた。

「なんか書いてあるね——歌？　これも屏風歌みたいな形式なのかな。藤田さんの題材？」

私は掛け軸の左上の文字らしき部分を指した。

「かもしれないと思って、学芸員の人に訊いてみたけど、かすれて読めないんだって」

藤田さんは無念だと首を振った。

「ほら、座って」

両肩に手を置いて、掛け軸の正面にある休憩用のベンチに座らされた。

「あ」展示場の景色が変わった。ぼやけていた焦点が急に合ったように、大和絵が急に存在感を増したような気がした。

「ああ、そうか」

掛け軸、屏風、襖《ふすま》絵。椅子《いす》の文化のないわが国の絵画は、みんな畳に座って鑑賞するように作られている。だから、絵師たちは畳や床に座った位置から見られることを想定して掛け軸を制作する。市の展示場は日本画専用というわけではないので、絵の位置を高くするにも限界がある。結果として、この展示場ではベンチに座って少し見上げる位置から見るのが正しい鑑賞角度となる。私は目を正面の屏風に戻し、見上げた。

「なんていうんだろう、えっと……」藤田さんが驚くような表現をしてやりたいのだが。

「ふつう?」藤田さんはさらりと言った。

「……言葉にしちゃうとそうなるのかな」

「普通だよ、普通できれい。でも、普通をきれいって分からせるのってすごく難しいと思わない? それができたら――」

――この世界がきれいだって伝えることができるから。藤田さんはシシシといたずら坊主みたいに笑った。

私は改めて掛け軸を見つめた。二羽の雀は寒さに耐えて羽をぷっくりと膨らませている。空は灰色で、その一点だけが薄く青い、寒い朝だ。季節は――春、早春。雀の足元の梅の花芽が膨らんでうっすら緑がかっている。見上げたこの絵には、季節があり、温度があり、時間があった。しかしそれは、このベンチの角度でしか分からない。これは、この場所を一日で見つけた藤田遥がすごいのだ。

「うちの蔵にあったやつなの」

藤田さんが私の横に座って言った。

「たぶん、巨勢《こせ》派で習っていた、藤原時姫《ふじわらのときひめ》って人が描いたもの」

「分かるの？」

「蔵に目録があって、その人の所蔵だって書いてあった」

「藤原……ってあの藤原？」この世をばわが世と思う藤原さん？

「その藤原」

「……それが、どんな経路で藤田さんちに来たの？」まさか……

「ん？　うち藤原の分家だから」さらりと姫は申した。

うわ、この人生粋の貴族だ。どうりで時々踏まれたい気分になると思った。私は半口を開けて藤田さんを見つめた。

「平安期の巨勢派の絵っていくらするの？」

「わかんない」

ですよね、アントワネット。

「そういうの関係なくてさ、御厨さんにこの絵を見てもらいたかったのよ」

目を細め、藤田さんは花のように笑った。

「？　なんで？」

「目標だから」

藤田さんは頬を染め、はにかんだようにぬばたまの髪を掻き上げた。

「????」

「私の目標の一つはこの掛け軸、もう一つは――」

真っすぐ私を指さした。

「へ?」

「………」

「………」

あ、そうか。この人、幼少期の私を知っているのだな。そういうことか。

私が何か言う前に、藤田さんは立ち上がって、私の前に来た。座っていては姫に対して不敬になるかと、私も立ち上がった。

「御厨さんは覚えてないかもしれないけど、昔ね、あなたと同じ絵画教室にいたのよ。それで、御厨さんの絵がとっても好きで、高校の説明会で会った時、すごく驚いたの。私、ずっとあの時の絵が印象に残ってて、目標にしてたの。今なら私でも、あなたと並べて出せると思うのよ」

「ちょっ……」ちょっと待って。

「今度、一緒に都の展覧会に出そうよ。部活なんかだと、手え抜いちゃうかもしれないけどそれだったら——」

「待って、ちょっと待って！」

私は両手をかざして、熱く盛り上がっている藤田さんを止めた。

「私、都とか、そんなレベルじゃあないから」

「え……？」

藤田さんは水でもかけられたようにこわばった。それから、言葉の分からない外国人に話しかけられたように、唖然《あぜん》として私を見つめてきた。

「私、美術部で描いてるのが今の全力だし、都の展覧会なんて無理、藤田さんと一緒になんてできないよ」

「……なんで？　なんでそんなこと言うの？」

困った表情で彼女は訊いた。まるで、私の返事を怖がっているみたいに。

「サボってたから」

「なんで？」

なんでって……

「なんでよ」

「………」

「じゃあ、あんた、絵画教室にいた頃、私に言ったこと覚えてる？」

藤田さんは声を荒らげた。殴られても平気な顔をしていた人が、顔を赤くして私を睨《にら》んだ。

「う……」私は顔を伏せて首を振ることしかできなかった。

「私が、才能ないから絵はやめるって言ったら、あんたこう言ったの。『ミケランジェロは古代ローマの彫刻を発掘して学んだ人で、モーツアルトもビートルズも古い民謡から学んで復活させた人だ。過去から真摯《しんし》に学んで、自分より大きな芸術ってものに立ち向かった人が偉人で、才能だけあった人は才人だ。才人になりたいって望むあんたは何も分かっていない。そんなの、芸術を積み重ねてきた先人に失礼だ』そのとおりだと思った。だから今まで頑張ってきたの」

「え、えっとその……」そいつ、超傲慢《ごうまん》。何様ですか？

私は気圧《けお》されるように、後ろに下がった。しかし、後ろは椅子だった。

「うわ！」

私は椅子に足を引っかけて背中から床に転んだ。

「痛《い》った……」

倒れた私を藤田さんが見下ろしていた。その顔は、ひどく傷ついていた。

「本当に残念だわ」

藤田さんはぬばたまの髪を翻して背を向けた。

コンパスみたいに真っすぐに出て行く彼女の背中は、殴られることなんかより、ずっと傷ついているように見えた。

○

姫に告られた。

そして振られた。

どうしてこうなった？

閉館近い美術館で、私は一人頭を抱えた。

確かに私は悪いが、才能が尽きたのは私のせいではない。では誰が一番悪いのかと聞かれたら、間違いなく私だろう。

藤田さんは、私の言葉を信じて、ずっと、天才だった頃の私を追いかけていたのだ。

傲慢不遜《ふそん》、国立駅前の呑舟《どんしゅう》の魚《うお》。才能と、絵画限定の集中力を併せ持ったあの頃の私は、多才多芸、傍若無人の彼女が見つけた、初めての敵するに値した相手だったのだろう。

でも、追いかけても、追いかけても、そんな奴《やつ》はもういない。才能は底を尽き、そんな自分とうまく付き合っていくこともできずに根気も尽きた虫っぽい女がいるだけだった。私は恥ずかしさでいっぱいになって、顔を伏せた。

閉館時間が来て、蛍の光が鳴り出した。いくら落ち込んでいても、いつまでもここにいるわけにはいかないらしい。

顔を上げると、目の前には藤田さんの家の掛け軸があって、胸がびりびり痛んだ。

「悔しいなあ」

きっと、藤田さんの心の中の私は、これくらいの作品が描ける人間になっていたのだろう。私は手が届かないものを見つめて、掛け軸に自分の手を伸ばした。

『こひすてふ』

蛍の光に混じるように、つぶやく声がした。

『わがなはまだき　たちにけり　ひとしれずこそ　おもいそめしか』

この歌を知っている。藤田さんが前に美術室で歌っていた百人一首の歌。

壬生忠見《みぶのただみ》という、歌会で負けて悔しくて死んだ歌人の歌だ。

「え……つめた！」

突き出していた手のひらに冷たい空気を感じ、ひっこめた。なんだか掛け軸から風が吹いているみたい――あれ？

「手――ないじゃん」

つぶやいた私の声が、もう誰もいない美術館に木霊した。

見つめる視線の先で、差し出していたはずの右手首が消えている。まるで初めから私にはくっついていなかったみたいに、ない。

「えっと……」

足元を探したが、落っことしてしまった様子はない。血は出ない、痛くもない。でも、全く感覚がないわけでもない。その切断面からは、ひんやりした美術館の空気を感じていた。

これはえっと……助けを呼んだほうがいいのだろうか？　でもなんて言えばいいの？

考えているうちにもう一度冷たい風が吹いて、私の前髪を揺らした。

かくんと体が少し軽くなったように感じて、自分の右を見ると、制服の長袖《ながそで》だけが私の肩で揺れていた。左手で袖を持ち上げてみるが、中身は入ってない。なんだか勝手に私のパーツを持っていく奴がいるらしい。あるいは何か見えない獣が手首から私を齧《かじ》っているのだろうか？

「こうなると……」次は胴か頭だろう。

――これではデッサンができないな。

そんなことを考えているうちに、私の意識はがぶりと齧られて闇《やみ》に沈んだ。

○

鈴虫が鳴いている。ここが地球だと分かるのはそれだけだった。目を覚ました私の周囲にはまるで光がなかった。目玉に膜がかかったみたいに何も感知しない。周りが真っ暗なのか、急に失明したのか、それさえも判然としない。手を探ると地面はあるが、届く範囲にはそれ以外の何ものも存在しない。ここが室内なのか、何もない平原なのか、それとも遠い孤島なのか、やはりそれも分からない。さっぱり何も見えないので、視覚的探索をあきらめて臭いを嗅いでみた。感じるのは土の臭いと草の臭い、手掛かりらしい手掛かりは何もない。

もぞもぞ動くうちに、ゆるゆると気を失う前の記憶が戻ってきた。私は周囲の探索をやめ、そっと自分の右手を探ってみた。

「ある」

美術館でのことが幻覚だったのか、それとも一度とれてからくっついたのか、それは分からないが、私はとりあえずくっついてくれている右手に感謝した。

「――誰かいるのですか？」

私が動く気配を感じたのか、暗闇の奥から声がした。声の高さからすると女性か子供のようだ。なんだか警戒しているように声が固い。

「あ、はい」

黙っている理由もないので返事をした、

「女性の方ですか？」

私の声を聞いて、相手は少し安堵《あんど》したように息を吐いた。

「うん」あれ？　この人の声どっかで聞いたことあるような気がする。誰だっけ？

「なぜここに？」

「え、さあ……」ここがどこかを知らないので。

「分かりませんか？」

「今、目を覚ましたとこなんですよ」

「そうですか、気を失ってしまうとは、さぞ恐ろしい目に遭ったのでしょう」

ぱたぱたと、暗闇の奥から近づいてきた気配は、私の前まで来るとそっと私の手を握った。

「気をしっかりお持ちください、きっと助けが来ます」

あ、この子年下だ。

強く握られた手の大きさと肌の柔らかさで、私はそう判断した。その手は私より一回り小さく、とても冷たくなっていた。――助け？

「あの、ここどこなんでしょう？」

「多分、方向からして羅城門ではないでしょうか？」

羅城門？「えっと、最寄り駅で言うとどの辺？」

「は？　えき……？」

「うん、駅、分からない？」

「何を話している！」

男の声がして、握っていた小ぶりな手がびくりと震えた。

「誰かおるのか！」

暗闇から、探るような男の声が投げかけられた。

これって返事したほうがいいやつかなあ？

「えっと……いますけど」

私は女の子を背中に隠すようにして、声のほうに振り向いた。

バタバタと歩く複数の気配を周囲に感じるが、警戒しているのか近づいてくる様子はない。

「何奴だ！」

「ええと……」

「答えろ！」

「み、御厨紀伊、高校二年生です」私は気をつけをして自己紹介した。

「わけの分からんことを言うな！」

わがままな人だ。そっちが言わせたのに。

「その声、女だな」

足音が近づいてくる、土を踏む音に合わせて、暗闇の中で何かがチカチカと光っていた。見れば金属のようだ。金属というかこれ……刃物だ。

「ええ？」

刃渡りは五、六十センチ、模造刀だとしても、持ち歩くだけで警察に捕縛される類《たぐい》のものだ。男はそれを鞘《さや》に納めようともせずに片手に下げている。

少しずつ暗闇に目が慣れてきたのか、おぼろげに周囲が見えてきた。水干《すいかん》とか言っただろうか、男は神社の神主が着ているような服装をしている。しかしそれは祭りの行列で見かけるようにきちんとのりのかかったものではなく、だいぶ着古したものに見える。その服が何か黒い物で汚れていて、よく見れば、刃先にも同様のどす黒いものがこびりついている。そして、何やら鉄臭い。あるいはこれは……

――血の臭いだ。

「ぎゃふ！」女の子を背にしたまま後ずさろうとして、背中から転んだ。

慌てた私の様子に勇気を得たのか、男は大股《おおまた》で近づいてくる。

「何者でも構わん、衣を脱いで渡せ」

なにその追《お》い剝《は》ぎ的な発言！　どうなってる？　この人たちおかしい！

「早くせぬか！」

「ひい」

男は躊躇《ちゅうちょ》なく私のほうに刃先を向けた。額に固まりかけた血のしずくが降りかかる。

「おい」

その時、別の方向から声がした。

「誰だ！」

刃物男が叫んだ。男の声にまた恐怖が宿っている。

「検非違使《けびいし》だ」

その声を聞いて、女の子の手がぎゅっと私の手を強く握った。

検非違使と言うのは確か——今昔物語《こんじやくものがたり》とかに出てくる役職で、おまわりさんのようなお仕事だったような……？？？？　かと思えば眼前には宇治拾遺物語《うじしゅういものがたり》に出てくるような追い剝ぎがいる。なんだこれ？

「追っ手か！」

「検非違使だと！」

「囲まれたのか」

「逃げ切ったと言うたではないか！」

暗闇の奥にいた男たちはざわめき、口々に罵り出した。

「騒ぐな！」

刃物男が一喝して周囲を黙らせた。

「囲まれたにしては、松明《たいまつ》の光の一つもない、声もせぬ……ぬしは一人か？」

「……」

「おい、答えぬか！」

検非違使の返事はなかった。暗闇から身を翻す衣ずれの音がして、次いで走り去る足音がした。

おいおい、逃げたよ。

「逃がすな、仲間を呼ぶぞ！」

男たちは検非違使を追ってばらばらと走り出した。走っていく方向には少しだが光があるようで、ぼんやりと人の輪郭が見えた。逃げていく検非違使の男は手足が長く、長身だった。追いかけている男たちと比べるとかなり背が大きいのが分かる。しかし、歩幅の差があるのにかかわらず、検非違使と追いかける男たちの距離はぐんぐん縮んでいった。つくづく自分が優位に立つと元気な人たちである。

「あ、そうだ！　今のうち！」

私は周囲の男たちが検非違使を追っていなくなったのに気が付いて、急いで立ち上がった。

手をつないでいる女の子が首を傾げ、不思議そうに尋ねた。

「何がです？」

「逃げないと」何がじゃねえぞ小娘！

「心配なら無用です」

少女は自信いっぱいの声で言った。果たして刃物男にストリーキングを要求されたことを心配せずに、ほかに何を心配すればよいのか？

「ん？」

私はあることに気が付いた。さっきまで水につけたように冷たかった女の子の手が、ゆっくりと熱を持ち始めている。

「あの方は、あの程度の夜盗どもに後れを取りはしませぬ」

声に迷いはない。女の子は胸を張り、勝手に確信しているらしかった。背筋を真っすぐにして立っている姿は何げに藤田さんに似ていた。

「いや、戦ってねえから！」私は頭を掻きむしった。

目を戻すと、追いかける男の一人が検非違使のすぐ後ろまで迫り、淡い月光に反射して刃物がきらめくのが見えた。

「危ない！」私は声を上げた。

先頭の刃物男が振りかぶった瞬間、検非違使の影が縮んで見えなくなった。急停止してしゃがんだようだ。そう分かった時にはもう遅かった。後続の男はしゃがんだ検非違使に頭上高く振りかぶった刃《やいば》を届かせることができず、また、全力疾走から止まることもできず、検非違使に足を払われけつまずいた。全力疾走中の転倒である、男は跳ね上がるようにして転んだ。それと同時に絶叫がほとばしった。刀を持って頭から転んだのである。何が起こったのかは想像するまでもない。

続いて後続の男たちに悲鳴が上がる。しかし、検非違使の姿は見えない。こちらからは、地面の下のほうで鈍く刀がひらめいているのだけが薄く見えていた。検非違使の男は立ち上がることなく、低い姿勢のまま地面を這《は》って蜘蛛のように走り、男たちに襲いかかっていた。

暗闇に着物の破片が影のように散っている。検非違使は光物の太刀を自分の上着で隠し、転がるようにして、走ってくる男たちに向かって切りかかっていた。だから、切りかかるたびに着物の破片が散り、悲鳴が上がる。

そういえば、子供の頃に忍者の秘密とかいう本で、暗闇の中では姿勢を低くするほうが光の反射の関係上、周囲がよく見えるのだという知恵を読んだことがある。追いかける男たちには検非違使の位置が見えていないが、検非違使からは追っ手がよく見えているのだろう。検非違使は暗闇の戦いを熟知しているようだった。

今度は男たちの間で、恐怖にひきつった怒号が響いた。錯乱した一人が刀を振り回して、それが仲間に当たったのだ。暗闇での同士討ちの恐怖に気付いた男たちはうろたえ、完全に動きを封じられた。

周囲は暗闇、刀を振ることもできない。動きの止まった男たちを容赦のない検非違使の刃が襲った。男たちは完全に検非違使の策にはめられてしまったようだ。

二つ三つと悲鳴が上がると、罵倒《ばとう》の声も消え、あとは斬《き》られた男たちの苦悶《くもん》の声だけが残った。

——あれ？　検非違使が起きてこないな。

私は女の子にちょっと待ってて、と声をかけて、左右の安全確認をしつつ、検非違使のほうに向かった。夜盗の人たちはお気の毒なことに、立ち上がる様子はない。

「あーもし？」

げほげほ。

検非違使は蜘蛛のように地面に這いつくばったまま、起き上がれなかった。

「え、だ、大丈夫ですか？」傷は浅いぞ？

ゲホゲホゲホ。

立ち上がる様子もないので、私は検非違使のそばに行って背中をさすった。げほげほげほげほげほげほげほげほげほげほぜえぜえ。

「すまん、餓鬼の頃から肺の腑《ふ》が弱くてな」

検非違使は気の毒なほど青い顔で礼を言った。

「………」さっきまでここで大立ち回りをした立派な検非違使がいたんだが、どこへ行ったのだろう？　君知らない？

「――お前、無事か？」

検非違使は呼吸を整えながら、私に向かって声をかけた。暗いので顔は確認できないが、思ったよりも若い声だった。さほど年齢は変わらないのかもしれない。

「はい」あなたに比べれば。

「安心しろ、すぐに仲間も駆けつける」

道の先のほうで松明らしき明かりがこちらに向かってくるのが見えた。ちゃんとした検非違使たちがこちらを見つけてくれたようだ。

「やれやれ、俺一人にやらせおって」

検非違使は肩に太刀を担いで、だるそうに起き上がった。遅れてきた同僚の検非違使たちに盗賊たちの手当てを命じ、私のほうに向き直った。松明に照らさせた私の姿に上から下まで視線を送り、渡来人か？　とつぶやいた。

「おい、女。言葉分かるか？」

「あ、はい」君らの正体は不明だがな。

「お前、時姫様を見なかったか？」

姫？

「藤原の姫君だ」

姫など知らんけど、

「女の子ならいましたよ、あっちの――」

「壬生様！」

――と、叫んで小走りでやってくるあの子でありましょうか？

松明に照らされたその影は、小袿《こうちぎ》姿――。国語教科書資料集に載っているあのあれ。いつも御簾《みす》の奥にいて、殿方の前では袖口で顔を隠している高貴な姫が着るという、あれ。いったい何の冗談か、と聞きたくなるようないでたちだった。

「なにこれ？」

しかし、おふざけというには、彼女の姿はびしりと決まりすぎていた。殿方の前で顔を隠す仕草も、歩き方の立ち居振る舞いも、祭り行列で見るような、現代の平民が平安貴族の衣装を着せられているような感じではない。女の子から感じられるのは藤田さんクラスの貴族オーラ、平民が下手《へた》に口をきくと不敬罪で口を溶接されるクラスだ。

「姫様、ご無事で？」

壬生と呼ばれた検非違使は姫に声をかけた。

「ええ、必ず助けが来ると信じておりました」

小走りで来たからか、女の子は顔の隠していない部分をぽわっと赤くしていた。乙女が袖で顔を隠す仕草は色っぽく、私が姫に壁ドンしたくなった。

「壬生様も怪我《けが》などはありませんか？」

女の子は先ほど震えていたことなどなかったかのように凛《りん》と立って、検非違使を気遣った。

「たかが盗賊風情、問題ありません」

「え、さっき――」喘息《ぜんそく》の癪《しゃく》で起き上がれなかったよね？

わし。

「――――」！

検非違使の手に口を塞《ふさ》がれた。というか手が大きいので顔全体が塞がれた。当然の結果として、人類の権利であるはずの発言の自由を奪われ、私はモガモガになった。

私は自らの自由と権利を守るべく抵抗を試みたが、検非違使の手にみしりと鉄の爪《つめ》
的な力が準備されたため、両手を下げて早々に自由と権利を放棄した。

「……どうかしたのですか？」

「いえ、彼女に虫が」

姫の問いに検非違使は涼しい声で答えた。

体面を保つためなら何でもやる男のようだ。プライド高《た》けえなあ。

「ところでこの女は？」

検非違使のおまわりさんは、不審者を見る目で私を見つめた。

「この方も盗賊にさらわれてきたようです」

「ほう——それはお気の毒に」

そう言った検非違使の声には、あまり感情がこもっていなかった。常識人の私を捕
まえて、まだ不審者を見る目をしている。

「お前、どこの娘だ？」

「えっと……」

——東京都の国立市です。状況が飲み込めない私は、ぼうっと答えた。

「京の東か？」

「東京です」そしてここはどこ？

「東の京……つまり、右京、左京で言うと、左京か？」

「東京です」そしてここはどこ？

「一条二条の道で言うとだな……」

「東京です」そしてここは——

わしっ。

アイアンクローされた。

「つまり、分からぬのだな」

「——」大きな手に塞がれて、顔のない私は頷いた。

「仕方がない、今日はうちに泊めてやる」

検非違使はため息混じりにそうに言った。

あれ？　ドSなわりに人情家だね、つんでれだろうか？

「それはいけません！」

顔を赤くして反論したのは姫君だった。

「なぜです？」

「それはあの……あれです。あたら若い娘が、知らない殿方の家に泊まるなど、いけません」

「娘？」

検非違使は私の顔に目線を送り、フンと鼻で笑った。

「失礼、全く気が付かぬことでした」

いいよ、その扱いには慣れてる。私はカタツムリ、雌雄同体的生物。

「しかし、いくら得体の知れぬ者とはいえ、放り出すわけにもいきますまい。検非違使の詰め所は娘を泊めるには向かぬし、これから人をあたるには、あまりにも……」

「私の家にお迎えします」

「良いのですか？」

検非違使は片眉を上げて、女の子を見つめた。

「ええ、彼女は夜盗から私をかばってくれました。礼は尽くさねばなりません」

「素性の知れぬ輩《やから》ですよ」

「人を見る目はあります」姫は勝手に確信していた。

「そうですか……では、お任せいたしましょう」検非違使は恭《うやうや》しく頭を下げた。

「はい」

姫はカタツムリの回収を買って出てくれた。私だって、見知らぬ男の家より女の子の家のほうがありがたい。謹んで彼女の申し出を受けることにした。

「あの……ありがとうございます」

「いいえ、礼を言うのは私のほうです。私、あなたがいてくれて、とっても心強かったんですよ」

姫なる人は私の手をもう一度握って微笑んだ。

「私は、藤原時姫と申します」

「時姫……？」

どこかで聞いた名前だな……どこだっただろう？

そんなことを思いながら、私は朧《おぼろ》に光る月を見上げた。

「ところで、どこです？　ここ」

○

目を覚ますと、天井が寝殿造りだった。

「お目覚めですか？」

目を覚ますと、唐衣《からぎぬ》を着たきれいなおばさんが私を見下ろしていた。背後には口をあんぐり開けて見つめてしまうような見事な唐絵屛風、美術館で見たような見事な経机や二階厨子《ずし》。二階棚の香炉からは、庶民が嗅いではいけないような高貴な香りが漂っている。

「清子《きよこ》と申します。昨晩は娘を守っていただいたそうで……」

おばさんには眉《まゆ》がなく、びっくり人間みたいに髪が長い。身長よりも長いだろう。びっくり人間でありながら、浮き世離れした美人だった。

――うん、これは夢だな。そうでなければ、私はうっかり頭蓋を割ってしまい、今は病院の集中治療室にいる。お医者さんたちが頑張って私の頭蓋の中へ、こぼれ出てしまった脳みそを詰め直しているところだ。がんばれ、お医者さん。私を救え！

私は清子夫人ににこにこと頭を下げ、太ももをつねった。痛い。

「あれ？」なぜ痛い？

「いかがしました？」

「――いや、痛いです」

「でしょうね」

清子夫人は、自分の足をつねってねじっている客をあまり刺激せぬように、笑顔になった。

「困ったな」

「お困りですか？」

夫人は、自分の足をつねっては勝手に悩んでいる客人に、一層笑顔を輝かせた。

「あの、ここどこですか？」

「左京の二条、藤原中正《なかまさ》が邸宅ですが？」

「あ、番地じゃあなくて、土地……地名っていうか」

「地名……？　葛野《かどの》でしょうか？」おう、知らねえ。

「えっとその、何年ですか？」

「天徳《てんとく》三年です」

知らないと言いたいところだが、聞いたことがある。確か、藤田さんが壬生忠見のことで話していた年号だ。

『天徳内裏歌合《てんとくだいりうたあわせ》、天徳四年にやったやつ。百人一首に載ってる平兼盛《たいらのかねもり》と壬生忠見が歌った、皇室主催の平安時代最大の歌会だよ。そりゃあ豪華な宴《うたげ》で、左右に分かれて赤、青のそれぞれのチームカラーで着飾って、貴族が応援に入ったの。紅白歌合戦の先祖ってとこだね。二人の恋歌の勝敗を審判が決められなくて、最後は天皇陛下が決めたって話。でも、それがあんまり悔しくて、壬生忠見は病気になって死んじゃったそうだよ。百人一首もこの華々しい二人の名勝負を意識して、この歌合わせに出た二首をわざわざ載せているんだ』

「平安時代！」

私は叫んだ。そして周囲にひかれた。

「困ります！」

「そうでしょうね」

夫人は根気よく笑顔を作った。錯乱した客人が落ち着くのを気長に待つ構えだ。

「だって、私、藤田さんに謝らないと！」

客人の錯乱はしばらく収まりそうにない。夫人は輝くばかりに微笑んだ。

「何事ですか、お母様」

「時姫」

時姫？　ああ、昨日のお姫様か。

「え」

振り向いた奥の簾《すだれ》から、見覚えのあるちっちゃい顔が覗いていた。

昨日時姫と呼ばれていた女性は、貴族のたしなみとして殿方に見られぬように顔を隠していた。だから、私は今初めてその顔を見たわけだ。しかし、その顔は――

「うえ、藤田さん!?」――のそっくりさん。それが時姫？「……藤田さん？」

私が確認するように指さしたが、貴族然としたその女の子は首を傾げた。

そういえばこの藤田さん、本物より一回り小さい。それではやっぱり――

「……時姫さん？」

「はい」

「えっと……」藤田さんと同じ顔、これはどういうことだ？　論理的に考えるなら――やっぱり夢だな。そんなの、ありえない。そういえば、夢の中では今までに一度も見たことのない顔は出現しないのだと、聞いたことがある。夢には覚醒時に自分の肉眼で見たものしか出てこない。ここに来て一気に夢である可能性が強まったわけだ。

「……時姫さん」

「はい」

「ちょっと、私のこと、ひっぱたいてもらえますか？」

「はい？」

「叩いてください」

「いいんですか？」

時姫さんは怯《おび》えを含めて私を見つめた。

「私は、紀伊様を恩人と思っておりますし、その方のお願いならば、聞いて差し上げたいのですが……」

「いいんです。重要なことなのでお願いします。つねるくらいでは起きないみたいなんです。自分では目が覚めるほど痛くぶてないんで、どうか強めにお願いします」

私は頭を下げた。藤田さんに会いに行かねばならない。悠長に逃避的な夢で、藤田さんと同じ顔をした姫といちゃついている暇はないのだ。

「……痛いですよ？」

時姫さんは、腹を決めたように私の頬に紅葉《もみじ》のような愛らしい手を添えた。

「是非とも、お願いします」

頼んでから、私はふと考えた。藤田さんだったら、殴ってくれと言う相手に手加減などするまい。そう言われた瞬間、相手の顎《あご》もしくは頬骨を砕くことこそが天命と勝手に納得して、顔骨を割りに来るだろう。それこそが彼女なりのおもてなしであると確信している。果たしてそっくりな顔をしたこの姫はどうなのだろう？　腫《は》れるくらいはかまわないが、夢だとしても、顔を割られるのは嫌だなあ。

ふと見つめた振りかぶった時姫さんの目は、何やら強い使命感を帯びていた。無駄に確信を持った時の藤田さんの顔だ。

「あ、ちょっと待って」

バチン。

ぎゃぶ。

藤田さんもとい時姫さんは、容赦なく頬骨を割りに来た。衝撃に揺れた私の意識は、しばし暗転した。

改めて目覚めても、天井は寝殿造りだった。

「……おはようございます」

改めて見上げても、女房装束に身を包んだ三人の女性に囲まれていた。

清子夫人や時姫さんはいなくなっていた。貴族然としたお二人に比べると、目の前の方々は、どちらかというと庶民側の人間に見えた。

「お加減はいかがですか？」

「昨日は盗賊に行き逢《あ》い、さぞ恐ろしい目にあったでしょう。先ほどまでかなり取り乱していたと聞きました」

「えと……」そうなっているのか。いや、そうしておこう、正気の状態で自分を散々つねった挙げ句、ぶってくれと懇願したとあっては、誤解が次の階層に進んでしまう。

「一重《ひとえ》も奪われてしまうとは、お気の毒に」

「お召し替えをいたしましょう」

「さあお立ちになって」

女性たちは口々に言った。私は彼女らに引き立てられるようになって、不承不承立ち上がる。三人の女性は手慣れた様子で、角盥《つのだらい》や髪結い道具の載った二階棚を引き寄せてかしずいた。どうも彼らは、いいおうちにしかいないお手伝いさんとか、メイドさん的な方々のようだ。

「……？」

女性たちは空港の身体検査のように私の服を探った。不審者を調査しようという試みであろう。わが人生を振り返ってみて、不審者と成人君子のどちらに属するかと言われれば、前者に傾く。私は黙ってボディチェックを受けた。

「ああ、こうなっているのですね」

腰の辺りを探っていた一人が納得したように頷いた。

はて、何を納得したのだろう？

「よいしょ」掛け声とともに私の制服のスカートが引き下ろされた。

寝殿造りの豪奢《ごうしゃ》な建物に、私の裏返った悲鳴が響き渡った。

小袖を着て、長い袴《はかま》を着せられた。清子夫人のお古だそうで、服には平民には不釣り合いないい匂いが焚《た》き染められている。

「あのような一重にも足りぬ服でさぞお恥ずかしかったでしょう」

年長のおばさんが、気の毒そうに言った。

口には出さないが、人生での恥ずかしさのマックスは、さっきスカートを引き下ろされた時である。私は今までの経緯を思い出しながら、真っ赤になって服を着せられた。恥ずかしいが仕方がない、自分でやると言うには構造を知らなすぎる。

着せられているうちに、さらに数人、小、中学生くらいの女の子がころころと部屋を覗きに来た。客が珍しいのだろう、興味深そうに私を観察している。

「しかし幸運でしたね、検非違使の方が見つけてくださらねば、今頃売られるか、冷たくなっていたでしょう」

家政婦のおばさんが、私の襟を合わせながらそう言った。

「しかも、助けてくださったのは、あの、壬生様なのですって！」中学生くらいの子が身を乗り出して言った。

「壬生？」壬生狼《みぶろう》？　新選組ですか？

「いやだ、壬生少尉忠見さまよ。ご存知ないの？」

その名前を言った途端、女性陣はおばさんも含めてきゃあと叫んだ。

なんだこれ、どこのロックスターが来日したの？

周囲の反応を観察しているうちに小袖の上に一重を着せられ、さらにその上から四、五枚重ねて袿を着せられる。なんだかマトリョーシカの中身になった気分だ。平安の服は重い。十二単《じゅうにひとえ》ともなると二十キロ近く増量するらしい。この重さはおしゃれと言うより少年漫画の修業に近い。

「……人気ですね、壬生さん」

「それはもう、あの方の歌には、うっとりしてしまうもの」

「壬生様の歌をお聞きになれば、心あるものは獣や虫とてあはれを感じずにはおられないでしょう」

釈迦クラス！　歌人恐るべし。

「それに、あの颯爽《さっそう》としたお姿、宴《えん》の松原《まつばら》での競馬は忘れられませんわ、検非違使の中でも武勇に秀《ひい》でていらっしゃる」

姫たちは完全にアイドルを語る、女子になっていた。

「昨日も十人からいる盗賊を葦《あし》のごとく切り倒されたとか！」

「まさか、せいぜい五、六人だったし、本人は喘息で……」

半笑いで口を開こうとしたが、刹那《せつな》、目の前が真っ暗になって、鉄の爪が閉じる映像が頭をよぎった。いかん、下手なことを口にすると、プライドの高い検非違使に頭骨の薄い部分を割られてしまう。私は口をつぐんだ。

「どうされました？」

「いえ、別に」

私はテンジクネズミのごとく小刻みに震えながら、喘息の件を省いた壬生忠見の活躍を語ることにした。

「お強いのですね」乙女たちは、満足そうに頷いた。

平安女は見る目がないな、口封じのために乙女にアイアンクローする男だぞ。

ええと、つまり、今は平安時代で、年号は天徳、天徳は天徳内裏歌会が行われた年号で、壬生忠見はその歌会で負けて、失意のまま病気になって死んだそうだ。だが、壬生忠見はまだ死んでいないし、気落ちするどころか、乙女にアイアンクローをかけている。つまり、歌会はまだ行われていないらしい。まあ、そこら辺の前後関係が分かったところで、私に何か得があるわけではないんだけど。

「——御免」

ん？

「御免」門の方から声がする。

謝っているのでなければ、訪問者だな。

「あ、お客さんみたいですよ」

周りに声をかけたが、家政婦さんたちは耳を澄ました後、わたわたと顔を赤くして
とんでもないと手を振った。

「？　いや、出ないと……」

言っているうちに家政婦さんは、一人二人と用事を思い出したというそぶりを見せて立ち去ってしまった。子供たちも蜘蛛の子を散らすように去っていく。そして誰もいなくなった。どうしたことか？　平安女は極端なあがり症なのだろうか？

「誰かおらぬか？」

外からは困ったような声がしている。まずいな、注意しといて私が居留守を使うというのは非常に体面が悪い。

「はーい」私は長い袴をまくって、部屋の出入り口になっている格子の外に出た。

「ごめ――？」

「はい、どなたで？」

私は裸足《はだし》で庭へ出て、門からひょっこりと顔を出した。

「壬生忠見と申す」

ロックスターもとい、きょとんとした顔の壬生忠見がいた。

「なんでお前が出てくる？」真っ当なご意見。

「なんか、みんなロックスターに会うのが恥ずかしいらしくって」

「ろっく？」壬生は不審な顔をした。

「何か御用で？」

「ああ、昨日の報告だ、俺には盗賊が時姫様の牛車《ぎっしゃ》を狙って襲ったように思えてな。賊どもを少し締め上げてみた」

壬生は顔を寄せて、息のかかる距離で私の表情をうかがった。

「な、何か？」

近い、顔近い。

私は顔をのけぞらせた。

「銭をもらって時姫様を襲ったようだ、しかし、銭さえもらえば何でもする輩だ。顔を隠した男に金をもらったので、言うとおりに姫をさらったと言うばかりで、誰に指図されたか全く分からなかった」

「嫌ですねえ、そういう人」

「お前は違うのか？」

「へ？」馬鹿《ばか》にするな。と、怒るほど銭を拒む人間ではないけれど。

「おかしいではないか、賊は初めから時姫様が狙いだった。それなのに、なぜお前はあの場にいた？　奴らには渡来人をさらっている暇などなかったはずだ」

「ですねえ」私は頷いた。

「お前は何だ、賊の仲間か？」

「い、違いますよ」

え、この人、私を誘拐団の仲間だと疑っているの？　冗談じゃあない。

「ならば何だ」

「えっと……渡来人？」

「この国に何をしに来た？　お前のような無芸無学の人間が海など渡れるはずがない」

失礼な人だな。君に私の何が分かるのさ、私は憤慨した。壬生忠見の言葉は、色々と的を射ていたからこそ言葉の刃は私にぷすぷす刺さり、私は頭にきた。

「わ、私だって、昔はちゃんとできたんです、でも……」

私はうつむいた。胸を張って言えることではないが、それ以外はさらに無芸だ。

「何ができるというのだ？」

「……絵が描けます」

私は声を細らせた。藤田さんの顔が浮かんで鼻がつんとした。

「ほう、ちょうどいい」

壬生は片眉を上げて私を見つめた。

「これから時姫様にお会いする。それですべてははっきりするはずだ」

「……？」私は自分の記憶を探り、美術館で藤田さんが言っていたことを思い出した。

『藤原時姫』

それは、藤田さんの家にあった、あの掛け軸を描いた女性の名前だった。

○

「時姫様にお会いになられるのですか？」

壬生が家政婦さんに声をかけると、彼女はしばし壬生の顔に見とれた後、困った顔をした。

「おらぬのか？」

「いいえ、本日は外出の予定はございません、ただ……」

ただ？

「今日は大和絵の講義を受けておりますので、あまりうるさくなされぬほうがよいかと」

「ほう、相覧《そうらん》様が来ているのか、ちょうどよいではないか」

何かたくらんだ顔をして壬生が言った。

「そうらんさんって？」

「東寺《とうじ》の僧侶《そうりょ》なのですが、大和絵の名手でもあります。それに――」家政婦さんはそっと口に手を添えて、私に顔を寄せた「とても怖いお方です」

「………」芸術系の先生って、怖い人は際限なく怖いんだよなあ。

人類は自らを正義と思い込んで振り下ろす鉄槌《てつつい》と、相手のためになると振り上げる鉄拳《てっけん》は手加減をしない。よって愛の鉄槌は、喧嘩《けんか》の時のそれより痛い。私は自分の実体験を思い出しつつ、テンジクネズミのような目で壬生を見た。

「今日はやめない？」

「馬鹿を言え、こんな良い状況がほかにあるか」

恐ろしい絵画教師の存在に喜ぶ君は変態か？　私は、ずんずん廊下を進む壬生の横顔を睨んだ。

「人ん家の習い事の時間に踏み込むなんて、無神経だと思います」

私は常識を盾に取り、壬生に文句を言った。

「ふん、両方昔なじみだ。いくら俺でも、藤原の家でそこまで型破りはせぬ」

「知り合い？」だからと言って人様の家を我が物顔で歩いていいことにはならんと思うよ。

壬生は私の制止も聞かずに、勝手知ったる様子で廊下を進み、奥の一室を開けた。

きゃっという声がして、時姫ちゃんが顔を隠した。かわいい。

そして――

「馬鹿者が！」

衝撃波とともに叱責が飛んできた。

声量豊かな叱責は、打ち上げ花火のような衝撃をはらんでびりびりと私の骨格を揺らした。

まるで木乃伊《ミイラ》みたいに骨ばった僧形の老人が部屋の中央にいる。そして、その後ろには巨大な虎《とら》が描かれた屏風、怯《おび》える私には、もはや虎が吠《ほ》えたのか、老人が怒鳴ったのか判然とせぬ。

——逃げたい。

そう思い、後ろに下がろうとする私の肩を壬生忠見ががっしりとつかんだ。

「巨勢相覧《こせのおうみ》殿もご健勝でなにより。てっきりもう、仏の許《もと》に行っていると思いましたよ」

ごつ。

私にしては、至極俊敏に壬生忠見の膝《ひざ》を蹴《け》っていた。

「何をする！」

ちょっと待て、お前こそ何を言っておる、あれだぞ、これがあのあれの、ここここ巨勢相覧だと？

「こせのおうみって、巨勢相覧？」

私は石膏像のような動きをして、部屋の奥にいる皺《しわ》に覆われた老人を指さした。

「何を言っておる、奴のほかにそんな坊主がいるものか」

「平伏しなくていいの？　五体投地のほうがいい？」

「絵師風情に頭を下げる必要があるか？」

黙れ、歌人風情。

「あなた、源氏物語読んだことないの？」私は小声で言った。

「なんだそれは？　どこの源氏だ？」

壬生は呆《あき》れた顔をした。この様子では、源氏《げんじ》物語《ものがたり》はまだこの世にないらしい。

『この竹取の絵は巨勢の相覧の筆で、詞書《ことばがき》は貫之《つらゆき》がしている。紙屋紙《かみやがみ》に唐錦《からにしき》の縁が付けられてあって、赤紫の表紙、紫檀《したん》の軸で穏健な体裁である』源氏物語の『絵《え》合《あわせ》』の一節だ。ここの『貫之』は、古典の授業でもやる『土佐日記《とさにっき》』の作者であり、三十六歌仙の紀《きの》貫之。百人一首の三十五番目の人。

想像するに、巨勢相覧という方は光源氏《ひかるげんじ》みたいに地位も家柄もある最高位の貴族が所蔵するような絵を描く人の代名詞だったのだろう。文学といえば紀貫之、絵師と言えば巨勢相覧、といった具合の有名ブランドだったのではないだろうか？　つまり、平安の最高峰の絵師といって過言ではない。

「何をこそこそとしておる！」

私がまごまごするうちに、衝撃波の二発目が飛んできた。

「おお、この渡来人、大和絵を学びに来たそうだ。是非とも相覧殿の弟子になりたいと申してな、腕を見てやってほしい」

そう言って、壬生はにやりと笑った。

「な！」何をほざくか！

私は速攻で逃亡を図ったが、十五キロ増になった服ごと猫の子のように壬生に吊《つ》り上げられた。

「本当ですか！」

それを聞いた時姫さんは声を上げた。

「本当だ。絵の技術も一級品だと自分で言っている」

部屋の奥で時姫さんの目が光った。この顔を私は現代で見たことがある。面白い玩《おも》具《ちゃ》を発見した藤田さんの顔だ。期待を帯びた熱っぽい視線を感じる。こんな状態のことを四文字熟語でなんと言ったかな。そう、四面楚歌《しめんそか》。

「――弟子、だと？」

猛禽《もうきん》類に似た老人の睨みが私を射た。気弱なうさぎさんだったら、もうストレスで吐血しているだろう。

「ひい」私は身をすくませた。

相覧は立ち上がると、どすどすと私の前に歩いてきた。

「本気で言っておるのか？」

イヤイヤ、大和絵の創始者にそのようなことを。滅相もない！

私は首を振って取り消そうとした。

「す――」いません、私のような虫が絵画の道を進むなどとほざいて申し訳ありません。金輪際絵にかかわることなく石の下でダンゴムシっぽく鰓《えら》呼吸して暮らします。

――とは言えなかった。

時姫さんが藤田さんと同じ顔で残念そうに私を見つめているのが目に入ったからだ。

私の言葉は止まった。


『本当に残念だわ』


藤田さんの言葉が脳裏に響いた。

え、私、千年さかのぼって、もう一度藤田さんに失望されるの？　それってあんまりじゃあないか？

す――――――。

「す――きですよ、絵画」私の馬鹿！

「娘の習い事のつもりか？」

「ち、違います」私は震えながらもなんとか踏みとどまった。

小袿姿のいいところは、厚着なため、両脚ががくがくに震えていても誰にもばれないところだ。私は何とか人類の尊厳としての二足歩行を保った。

「学ぶ気があるのか？　なら学を見せてみろ」

「学？」数学？　化学？

「詩をそらんじてみろ、手習い娘との差はそこであろうからな」

「し？」

平安時代で歌と言えば短歌、長歌。詩と言えば漢詩。文字は漢字と平仮名の両方ある時代だけど、公文書は漢文でないといけない。公務員にとっては当然の教養ではあるが、女性は学問から遠ざけられる時代だ。学者の娘でもなければ、女性はそうそう漢詩を扱えたりしない。

「いや……私、授業で漢文選択してないんで……」

「知らぬか」

「はい」

「ならば用はない、帰れ」

相覧は、にべもなく背中を向けた。

時姫さんは、やっぱりがっかりした顔をした。

「やれやれ、腕を見てもらわねば、検分にならんのだがなあ」

私に盗賊疑惑をかけている検非違使は、困ったように頭を掻いた。

「わしの知ったことか」

「検分はせぬ、俺のために屛風を描くこともせぬ、つかえぬじじいだ。貫之殿が名を売る手伝いはしたくせに」

紀貫之は屛風歌の名手でも有名。屛風歌は基本的に先に絵の制作が行われ、それにしゃれた歌を付けて完成する。あくまで、良い屛風絵があってこその屛風歌だ。貫之が歌人として有名になったのは、屛風歌の流行が大きく背中を押したそうだが、それも良い絵師あってのことだろう。

「ふん、絵師くらい自分で探せ」

相覧は興味を失ったように、元の円座に座った。

「当代一の絵師ともなれば余裕だな。だが、先代は越えられたか？」

壬生は相覧の後ろにある虎の屛風を顎で指した。

ほうほう、見事な虎だな、先代というと巨勢派の初代、巨勢金岡《こせのかなおか》の作か、さすがだなあ、あの虎の目のなまめかしさといったらまるで人間――。

鑑賞モードに入った私は、ふと頭の中をよぎった月夜に吠える虎に息を止めた。

「壬生忠岑《みぶのただみね》の坊主が言うことか、貴様こそ——」


「ああ！！」


私は叫んだ。

「私知ってる！　ちゃんと漢詩、知ってたよ藤田さん！」

誰だ、ふじたさん。と相覧が常識的なことを訊いたが、受け流した。

「漢詩、知ってます。歌えます」

私は勢いのまま言った。

「……何だ？　白氏《はくし》か？」

壬生が疑わしそうに訊いた。

「あつしです」

「？」

中学の国語でやった。教科書では定番の小説らしい。

「言ってみろ」

相覧も不機嫌そうに言った。
私は一息に知っている漢詩を歌った。
「たまたま狂疾に因《よ》りて殊類となる　災患相重なりて逃がるることできず
　今日の爪牙《そうが》誰かあえて敵せん　当時の声跡ともに相高し
　我は異物となる蓬茅《ほうぼう》の下《もと》にあり　君はすでに軺《よう》に乗りて気勢豪なり
　この夕べ渓山にて明月に対して　長嘯《ちょうしょう》を成さずしてただ嘷《ほ》ゆるを成す」
中島敦《なかじまあつし》の『山月記《さんげつき》』に出てくる漢詩だ。主人公は自分の才能を過信して人生を棒に振る男、俊才李徴《りちょう》。彼のことは他人とは思えず、私は大掃除で古い教科書を見つけるたびにこれを読み返していた。近々では、藤田さんも敦のファンだと知り、敦の全集まで買って読んだ。
それに、山月記自体は中国の人虎《じんこ》伝《でん》を元にした物語なので、中国文化の影響の強い平安人にはよく理解できるもののはずだ。
「な……馬鹿な、わしは歌のために漢詩も余すところなく学んだ。しかし、こんな歌は知らんぞ」
つまらなそうに聞いていたはずの壬生が、一転して慌てたように言った。良い気分である。

「即興で作ったとでもいうのか？　だがそれにしては……」

「──美しすぎるな」

相覧は、壬生が言わずにおこうとした言葉を引き取って言った。

「ぬう……」それを聞いた壬生は、腕を組んで不機嫌そうに口をつぐんだ。

はてさて、自分の歌が平安の壬生忠見を黙らせたと知ったら、李徴さんはどんな顔をするのだろう？

壬生が慌てたのが楽しかったのか、相覧は高らかに笑った。私もつられてへへへと愛想で笑ったら壬生に鼻をつままれた。

「よかろう、腕を見てやる」

相覧は口を引き締めて、私に筆を差し出した。

「──ひどいな」

相覧は私の描き上げた絵を見て言った。

「それは、絵の心得がないということか？」

壬生が横から顔を出して絵を覗いた。

「貴様は顔を出すな！」

相覧は手近にある筆を取って壬生の頭を叩いた。完全に悪ガキへの対応だ。

時姫さんがそれを見てくすくすと笑っている。

なんだか仲がよさそうだな。この二人。

「ひどいのは中身だ。人間性が空っぽだ。見れたものではない」

中身がだめだと言われたら、人としてなんか終わりっすね。わたくし外見の資本は元よりございませぬし。

「だがな――」

相覧は改めて私の絵を見下ろした。

「これは一時期に何百枚と集中して描いた者の絵だ、見事な土台ができておる。この娘が習いたいというなら、わしには断る理由はない」

え。

「私に教えてくれるんですか？」巨勢相覧が？

「礼なら自分の師匠に言うんだな、お前のようなでくの坊によほど目をかけていたのだろう」

「…………」

私は絵画教室の先生を思い出していた。

陽気なお酒のみだった。先生が陽気に一日で十枚二十枚とざくざくデッサンを描くので、幼児の私はそれが普通なのだと思って見習っていた。絵にさして興味もない阿保の子供をその気にさせられたのだから、教え方もかなり熟練したものだったのだろう。

先生の元を離れてからは、あまり良い教師に恵まれなくて、私は少しずつ絵から離れていった。もしこのまま絵を描くのをやめてしまっても、あの先生だけは嫌いになることはないだろう。

私は手を合わせた。お酒のみの先生の寿命はあまり長くはなかったから。

「――うれしい」

後ろから時姫ちゃんが抱き着いてきた。いけない、私には藤田さんが。

「先生の弟子で女は私一人だったの。殿方とは意見を交わすことも難しいし、うれしいわ」

彼女が首筋に頰肉を擦りつけてきたので、そのすべらかな柔らかさに、私は正気を失いかけた。

「これ、時姫殿。下々の前ですぞ」

相覧にたしなめられて、時姫ちゃんは慌てて顔を隠した。

下々代表の壬生は、憮然《ぶぜん》として胡坐《あぐら》を組んでいる。

「皆さんは、お知り合いなんですか？」

私はさっき壬生が言っていた言葉を思い出して訊いた。知り合いだと言ってはいたが、僧侶と貴族と検非違使。あんまり交流があるとは思えない。

「私のお母様は、幼少より藤原定方《ふじわらのさだかた》様に歌を習っておりました。私ははじめ定方様の子の朝忠《あさただ》様に絵と歌を習っておりました」時姫ちゃんが答えた。

誰それ？

「先年亡くなったが、紀貫之ら『古今和歌集《こきんわかしゅう》』撰者の支援者だ、和歌に限らず全《すべ》ての芸術を愛する方だった」

巨勢相覧が説明した。

ああ、その定方さん、ご本人も百人一首に載っておられる人、二十五番『三条右大臣』。ちなみに息子さんも百人一首に載っている『中納言朝忠』。四十四番。

壬生忠見は『古今和歌集』の撰者の壬生忠岑の息子で、巨勢相覧は屛風歌の名手である紀貫之と親交が深かった。当時の定方さんの家は平安の芸術家サロンといったところだったのだろう。

「定方様は才のある者は老若男女分け隔てがなかった。こやつらのことは赤子の頃から知っておる、手のかかる餓鬼どもだ」

相覧は二人を見回した。

「はい、兄妹のように育ったものです」

時ちゃんはそう言って袖で顔を隠し、ほほを染めた。

ははあ。そういう関係ですか。

私も相覧さんにならって、姫とロックスターを見比べた。

○

目が覚める。平安京《へいあんきょう》にて三日目、私は藤原仲正さんの邸宅にお世話になり、壬生忠見に連れられて、巨勢相覧の弟子になった。

やっぱり、たちの悪い夢のように思えてしまうのだけれど。

今日も見上げる天井は寝殿造り。蛍光灯の張り付いた、見慣れた自分の部屋の風景が戻ってくる気配はない。

私は、昨日の夜から家政婦さんの部屋で寝ている。仲正さんちの家政婦は離れに四畳半ほどの家具付きの個室が与えられ、そこで寝起きしている。トイレ、バス、キッチンなしのワンルームだが、当時の使用人としては、かなりの好待遇だ。

昨日の夜、時ちゃんは自分の部屋の隣で寝ればいいじゃないかと私に勧めてくれたが、寝相のよろしくない私は、国宝クラスの豪華な調度品様に何か粗相があっても弁償ができないので、丁重にお断りした。


「お隣はまずいでしょう。時ちゃんもう大人なんだし」

それに、時ちゃんは十五で元服済み。平安ではとっくに結婚適齢期だ。私には想像もつかない大人な行事があったりするはずだ。

「私には、お気遣いいただくようなことはありませんよ。事情もありますし」

その時、時ちゃんは困ったように笑ったが、この美人に何もないはずがないだろう。

「事情って？」

あ、踏み込みすぎた。そう思ったが、口から出た言葉を引き戻して飲み込めるはずもない。

「――藤原といえど、父の分からぬ子は敬遠されるものです」

うわあ、ごめんなさい、変な事情を引き出しちゃったよ。

私は自分の失言に深く反省し、個人的に小一時間ほど正座した。

私は寝床から起き上がると、絵の具臭い制服から使い古した缶ペンと手帳を取り出し、覚え書きを記した。

①帰る方法を探す。
②相覧の弟子として絵をうまくなる。（藤田さんと一緒に描けるくらい）
③時ちゃんの応援。（あるいはロックスターの応援）

自分のやるべきことを箇条書きにして、うむむと唸《うな》った。

帰る方法って何だろう？　内裏《だいり》の陰陽寮《おんようりょう》に行って陰陽師に相談することだろうか？　そうじゃない、それはなんとなく分かる。私がやらなくてはならないのは、もう一度あの絵に出会うことだ。藤田さんではないが、時ちゃんを見て運命を感じ、個人的に強く確信した。あの子とは深い縁がある。

あの絵を描いたのは時ちゃんだと言うし、そうなると②と③は①に付随する。宿なしの私に手をさしのべてくれたお礼も是非ともしたいものだ。

「――でも、帰れなかったらどうしよう」

不意に不安になった。このまま帰る道が見つからなかったら？　このままここで病気になってしまったら？　仲正さんの家から追い出されてしまったら？　家族とも藤田さんとも二度と会えなかったら？　私は急速に不安に襲われ、泣きそうになって洟《はな》をすすった。

「いや、帰らないと」

帰って藤田さんに謝らないと、家の冷蔵庫には自分の名前の書いてあるプリンもあるし、私がいないと毎日エサをやっている野良《のら》猫が路頭に迷う。田舎《いなか》の祖母には自分は都の展覧会で上から八番目くらいの賞をもらった、可もなく不可もない程度の彼氏がいる、高校で皆勤賞をもらった、等の地味な嘘《うそ》をつきまくっているので、帰らねばそれが露見して生き恥をさらすことになる。

パチンと頰を叩き、自分を鼓舞して弱気の虫を振り払った。

「よし！」

私は寝間着を脱ぎ捨てて切り袴に着替えた。上着には『ちはや』という家政婦さん用の服をもらった。貴族の服より地味で簡素になるが、その分、だいぶ動きやすくなった。

だが、この『ちはや』というのはいわゆる現代の巫女《みこ》さんが着ている巫女服なので、個人的にはコスプレ感が出てきて、なかなか恥ずかしい。

襟を締め、もう一度手鏡で着付けを確認し、緊張しながら部屋を出る。

なにせ着付け初心者なもので、いかなる箇所で無意識の猥褻行為を見逃しているか、下着、その他をさらしているか、分かったものではない。私はおそるおそる周囲をうかがった。

きゃあ!

「うわあ!」

響いた悲鳴に反応して、自分も叫んでしまった。恥ずかしい。

——じゃなくて、何事だ。庭のほうから悲鳴が聞こえたぞ。

私は急いで悲鳴のしたほうに走った。

駆け出していくと、庭には藤原さんちの従業員で人だかりができていた。さすが大きな家なだけあって、従業員の数も多い。

「何事です！」

勇ましく叫んだのは時姫ちゃん。躊躇なく簾を剝いで駆け出してきた。落ち着け姫。

「ああ、黒犬が出て雑色《ぞうしき》を脅したのだ、もう追い払った」

人だかりの中心に悠然と立っているのは、壬生忠見だった。

「何してるの？」

私は、野次馬の陰から声をかけた。

「相覧の要請でな、盗賊のこともある。時々この家を見回れと言われた。そうしたら悲鳴がした」

壬生は犬に襲われた女性を助け起こして言った。助けられた家政婦さんからハートマークが散っているのが見える。

「――お前も変な女だな」

壬生は呆れた顔で私を見つめた。

「ん？」自覚はあるが、今日はどの点のご指摘でしょう？

「周りを見ろ、悲鳴を聞けば危険とみて、女はまず隠れるか、逃げ出すものだ」

「お？」

壬生に促されて、周囲を見回した。そういえば野次馬は殿方ばかり。

「でも、と——」

振り返ると、時ちゃんが熟練の舞踏家さながら音もなく簾の奥に消えたのが見えたので、彼女の名誉のために私は固く口を閉じた。

「まあいい、今朝はお前にも用があってきたのだ、顔を貸せ」

「へ、なに？」こめかみの骨を割られるようなことは口走ってないよ。

私がぽかんとしていると、壬生に手を引かれて庭の端に連れていかれた。

何だろう、校舎裏でしめられる感じかしら。大きな木の陰で、ひやひやしながら壬生の言葉を待った。

「すまなかった」

予想に反して、検非違使は私に頭を下げてきた。

「…………？」

「仕事とはいえ、賊の疑いをかけてしまった。許してくれ」

あ、そういうことか。

「ああ、いや、気にしてないから」不審者なのは本当だし。

昨日のうちに謝ればよかったのに、周囲の手前謝るのが恥ずかしかったのだろう。

この人プライド高いから。

「用はそれだけ？　それなら私戻るから」

背の高い男に頭を下げられているのが恥ずかしくなって、私は話を切り上げようとした。

「いや、まだある。時姫様のことだ」

「時ちゃん？」

「誰だ『時ちゃん』」

「時姫様」

「異国の呼び方か？」

「愛情のこもった呼称です。それで？」

「ああ」

壬生は苦いものを噛《か》んだような顔を作ってから切り出した。

「お前、あの人を守ってやれぬか？」

「私が時ちゃんを？」

「ああ、先の盗賊のこともある、今日の黒犬も意図して放たれたものだろう」

「……犬で嫌がらせって、ご近所のアレな人みたいね」

「ただの脅しなら問題ない。しかし、儀礼や方角を気にする貴族たちは、なにかと物事を呪詛《じゅそ》や怪異と結び付けたがる。盤石の権力を持っている輩に限ってそういう吉凶や物の怪に動かされるものなのだ」

『バスカービルの魔犬』じゃあるまいし、何年前の小説だと……あ、ここから見ると未来か。

「何で私にそんなこと言うの？」

「お前、物の怪を信じるか？」

「？」私は首を振った。

「呪詛は？」

「まさか」

「祈禱《きとう》は？」

「いいえ」

「そんなおなごはいない」

「失礼な、乙女だよ！」私は壬生を睨んだ。

「この国の娘のことだ。みな呪詛や物の怪を恐れている」

ほんとかね。私はうろんな目を壬生に向けた。

「女性は出産の時に物の怪が集まると言い、現に亡くなる者も多い、現実の恐怖と合わせて呪詛を突きつけられては、信じる者も多いだろう」

「出産時の死亡率が高いってだけでしょう？」

「女性のことだ、わしは踏み込めぬ」

そうね。あまり殿方に語られたい話題ではないし、殿方に大丈夫だと言って聞かされても信用できるところではないね。

「正直、俺では姫の役に立てない。あの方の力になってはくれまいか」

壬生はもう一度私に頭を下げた。

――あれ？　こいつ、いい奴じゃないか。

プライドの高い傲慢歌人のくせに、時ちゃんのために虫女に頭を下げるとは……

いや、これはあれだ、普段から態度の悪い奴が急にいいことをすると、相対性理論で急にいい奴に見えるというあれだ。いわゆる、剛田《ごうだ》くん効果だ。

「時ちゃんのこと気になる？」

「無論だ。妹と思っている」

ありゃ、微妙なお返事。こいつ時ちゃんの気持ちに気が付いてねえのか。

「あんた、もう少し色っぽいこと言えないの？」

私はため息をついた。

「？」

壬生は少し思案顔をして、もう一度私の顔を見た。

「なぜ俺がお前を口説かねばならぬ？」

私じゃねえよ！

暗がりに引き込まれたので何か期待していた人と思われていたらしい。十七年間殿方とのご縁のない私だが、それでも君に口説かれる妄想だけはしていない。私は改めて壬生は嫌な奴と心のメモ帳に記入した。

「ちょ、馬鹿にしないでよ」

「しとらんが……口説かなかったのを怒っているのだよな」

違うと言っているだろう！

「なによ、あんたなんか歌会で——」頭に血を上らせたままそこまで言って、言葉に詰まった。壬生の未来のことを思い出して、腹を立てていた気持ちは霧散してしまった。

そうなのだ、こいつはあと数年、へたすると数ヶ月で死ぬ運命になっている。失礼な検非違使だが、病気で死んでしまわねばならないほど悪い奴とは思えない。

「何か言ったか？」

「あんた、ちゃんとご飯食べてる？　仕事で無理してない？」

私は田舎のばあちゃんのような気持ちになって、そう言った。

「なんだ急に」

「えっとホラ、天皇陛下の前で歌合わせするんでしょう？　大役じゃない」

「ああ、巨勢の僧都に聞いたのか？」

違うよ、史実なんだ。国語の資料集にも出てくる。

「どこで行おうが、歌会は歌会だ。問題ないことだ」

壬生は涼しい顔でそう言った。才能あふれるロックスターの顔だ。胸を張った勢いで少し咳《せ》き込んだ。

「…………」

藤田さんの話によると壬生忠見は歌会の勝負に負けて物が食えなくなり、それが原因で死んでしまう。和歌の勝負に負けて悔しくて死ぬ人間がいるかは分からない。それはのちの人が創作した物語的な表現だろう。しかし、病気にしろ、事故にしろ、どういう経緯をたどろうとも、死んだという表現に変わりはない。ひょっとしたら、さっきの咳《せき》から発展して、元々良くない肺を病んで死ぬのかもしれない。落ち込んだ気持ちに合わせて一気に病を悪くするのかもしれない。とにかく、壬生忠見という人は、歌合わせのすぐ後に亡くなってしまう。この人に輝かしい未来は訪れない。なんだろう、教科書では数行しか出てこない人なのに、実際に目の前で生きているのを見ると、無駄に感情移入してしまう。こいつがもっとイヤな奴ならほっとするのにと思ってしまう。

私はうっかり泣きそうな顔をしていたのだろう。顔を上げると、壬生忠見が困った顔で覗き込んでいた。

「お前、何かあったのか？」

予想外に真摯な声で、私はたじろいでしまった。

「あ、その……」

「何かあったのなら聞くぞ、渡来人には悩みも多いだろう」

壬生は真っすぐに私を見ていた。静かにしていると、こいつは時ちゃんに似たいい男に見えてしまう。

「えっと……」

――喘息検非違使の行く末を考えたら悲しくなってしまった。

苦し紛れにそう言った私は、予定どおりにアイアンクローを食らった。

頭蓋骨の危機にさらされながら、少しほっとしている自分がそこにいた。

「紀伊様！」

母屋《おもや》に戻ると、恰幅《かっぷく》のよい家政婦さんたちに囲まれた。

「壬生様と庭の暗がりに行かれたと聞きましたが、何があったのです？」

家政婦、何を見ている。家事をしろ！

「ああ、なんか、捜査上で私にかかっていた嫌疑が晴れたので謝罪したいという話でした」

「へえ」

「やはり誠実な方なのよ」

家政婦たちは壬生忠見の実直さを褒めたたえた。

私はこめかみをさすりながら、何度もアイアンクローの話をしようかと葛藤したが、次はきっとまなじりを割られてしまうので黙ることにした。

「でも、時姫様のお気に入りだし」

「近寄りがたいわよね」

おばさんたちは噂《うわさ》話に花を咲かせた。

——あ、やっぱり、時ちゃんそうなのね。私は確信をもって今朝決めた『やること目録』の③に二重丸をつけた。

「時姫様はお美しくていらっしゃいますし」

「そうね、竹取の姫になぞらえて、月夜命《つくよみ》の姫などと内裏では噂になっているのだそうです。あのお美しさですもの、嫉妬《しっと》で呪詛もされようというものです」

「え、呪詛？」

「いえ、こちらの話です」家政婦たちは笑顔でうやむやにした。

「でも、やっぱり人気なんですね。時姫様」さすがは藤田さん。

「ええ、入内《じゅだい》の話もあったとか」

「え、入内って……」天皇陛下と結婚ってこと？　まじでかぐや姫クラス⁉

私が驚いて訊くと、「噂ですよ」とまたもやごまかされた。この家の家政婦は一筋縄ではいかない。

「――でも、あの方たちって、前に噂になったのよ」

一人のおばさんが意味ありげにささやいた。

「へえ、それはどのような？」

「あの子って、清子様の連れ子じゃない？　父上は秘されているらしいけど」

ほうほう。

「清子様の実家の雑仕女《ぞうしめ》と偶然話したことがあったのよ、その時、当時清子様と一番近しかった男性は誰かって聞いたら」

ふむふむ。

「——壬生忠岑様だそうよ」

ふむふむ——え？

壬生忠岑さんは壬生忠見のお父さん。いっしょに百人一首に載っている歌人。清子さんやその師匠の藤原定方さんとの縁も深い。

「え、ちょ……」

マジっすか。と聞いたら「噂よ噂」と三たびはぐらかされた。

——兄妹？

私は二人のことを頭の中でデッサンした。あ、顎の骨格が似ている。頭の中で画像を重ね合わせてみる、一致した。ありゃ、まずいぞ、これ消されるやつだ。

藤原氏の生活を覗いている家政婦の話なぞ、うかつに聞くものではないな。

とにかく大事なことなので「兄妹って結婚していい時代……？」と家政婦さんに確認をした。

おばさんたちからは、「別にいいんじゃない？」という返事が返ってきた。

異母兄妹はセーフだそうな。

仕切りなおす意味で一度自室に帰ると、分厚い紙束と時ちゃんが待っていた。

「あ、お、おはよう」

ぎこちなく挨拶《あいさつ》をすると、おはようございますと元気に返してきた。

少し考えて、話題を遠ざけるのもどうかと思って、壬生の話をふった。

「さっき、壬生いたけど、会わなくていいの？」

「女から会いに行くというわけにはいきません」

そっか、そういう時代なんだね。私は頷いた。

「えっと、その紙束は？」

「相覧様から紀伊様にといただきました。期日は三日、歌会の日までに、手本の模写を描き上げろということです」

「……何枚あるの？」

「三十枚です」

殺す気か！

「紀伊様ならできると期待をしているのです」

「私には、人間はどこまで深く水に沈めると気絶するのか実験しているように見えるよ」

「これは私も同じことをやりますよ」

マジで？　あの人貴族を何だと思っているの？

「紀伊様ならできます。あなたの筆の速さには、相覧様も驚いていらっしゃいました。私も勉強させていただこうと、こうして部屋に押しかけた次第です」

「ほんとかね」

とはいえ、褒められて嬉しくないはずはなく、私はいそいそと道具を用意した。

道具は時ちゃんのお下がりだが、数十年使っても問題ないような高級品だ。どちらかというと私のほうがお道具に見劣りする。

私は墨を磨《す》りながら、時ちゃんと話した。

「歌会ってなに？」

「藤原師輔《もろすけ》様の歌会です。——紀伊は歌会は好き？」

「え、えっと、経験がないから……」

「私は嫌いです」時ちゃんはにっこりと笑った。

はっきり言うね、藤田さん。

「壬生は歌人だよ、歌は好きなんでしょう?」ロックスター好きでしょう?

「そりゃあ、壬生様はかっこいいし、歌は素敵です。でも歌会は嫌い。周りを藤原ばかりに囲まれて気分が悪くなるわ」

認めろ、君も藤原だ。

「和やかなふりして貴族が知恵で威嚇し合ってるのって、吐き気がするわ。それでいて、みんな自分を風流だと思っているのだから嫌になる」

愚痴っているうちに、少し時ちゃんの言葉が砕けてきた。地が出てきたとも言うのだろう。

「じゃあ行かなきゃあいいのに」

私は風流人ではないので、基本的なことを言った。

「それだとお母さまや周りの人が迷惑するし、変な噂を流される。あの人たち陰険だから」

まだ子供なのだから、そんなことにまで気を使いすぎるのはよくないと思ったが、男子の元服にあたる裳着《もぎ》の終わっている時ちゃんは実際大人だったりする。へらへら絵を描いている高校生などよりよっぽど責任が重い立場にいる。

「でも、時ちゃんが全部責任を負うことじゃあないよ。もっと周りに頼ればいいと思うよ」

「そうね……じゃあ紀伊」

しまった、周りの親御さんと言うべきだった。

「一緒に来てほしいの」

「ええ――」嫌です。そんな政府高官のサロンみたいなところに女子高生が放り込まれたらたまらない、ストレスで速攻吐血する。

「来てくれる人なら、ほかにもいるでしょう」

「紀伊がいいの」

告られた。

「何で私よ」

「紀伊は、藤原とか気にしないでしょう？」

「権力にはペコペコする人間ですよ？」

「そう見えないけど。私にもお母さまにも涼しい目を向けてるじゃない。普通はもっと慌てたり、取り入ろうとするものよ」

そういう器用さがないだけだと思う。取り入る根性がある人間は、ある意味権力にきちんと立ち向かっている。本当の弱者は、権力の『け』の字が出ただけで石膏像のように動けなくなるものだ。

「今だって、内心は恐れおののいているよ」

「……じゃあ、私の言うこと聞いてよ」

「何でよ」

「藤原だからよ」

時ちゃんは上目遣いで私をうかがった。

「そっか、藤原だと従わないといけないね」

私は首をひねった。なんだろう、なにか物足りない。虫女としてはもうちょっと高圧的に出てくれると素直にペコペコできるんだけど。

「それなら、もっと命令すればいいんじゃない？」

居候なのだから、恩を着せようと思えば、いくらでもできるはずだ。

「それだと友達になれないわ」

時ちゃんは貴族的な笑みをたたえて答えた。

「友達って……私と？」

私の頭に藤田さんの失望した顔が浮かび、胃がきゅうと縮まるのを感じた。

「そうよ、ほかにいないでしょう？」

「何で私？」

「夢なんだもの、友達と絵のことを語り合ったり、絵の力を競ったり、摑み合いの喧嘩をしたり。紀伊の絵を見て思ったの、この子とならきっとなれるって」

バイオレンスな夢だ。君はそれを聞いて私が進んで参加すると思うのか？　加速する私の胃痛に反して、姫はひどくご機嫌だった。

「そんなの困るよ」私は弱気に言った。

藤田さんの顔がちらついた。平安時代でも彼女に失望されたら、やりきれない。時ちゃんのことはいろいろ応援したいけれど、できれば距離を取りつつの応援が理想だ。

「何が困るの？」

「だって、私友達らしい友達っていたことないし、時ちゃんは華やかだし、お金持ちだし、こういうのってうまくないと思う」世の中にはスクールカーストというものがあるのだよ。私は虫カーストで、君は姫カースト。

「あら、私もよ。友達なんて初めて」

姫はにこにこと答えた。

「お前もボッチなのかよ」私はうっかり貴族に向かって突っ込みを入れた。

時ちゃんはきょとんとして私を見つめていた。

「うん、だから多分紀伊が頷かないなら、私には友達はできないでしょう。これからずっとね」

「何で？　家政婦さんでいいじゃない。同年代の子も多いし」

「言ったでしょう。雑色の人は藤原の人間を真っすぐ見たりしないのよ。言うことは聞いてくれるけど、自分の意見は言ってくれない。だから、私は独りぼっち、これまでも、これからも」

「うーん」それって、ちょっとかわいそう。

目の前の時ちゃんが上目遣いで少し過剰にかわいそうな姫を演出しているのを引いても、気の毒だな。この時代の女性は学校に行けるわけでもないし、自分の部屋からもろくに出ることができない。ぼっちと言うより自発的でない引きこもりに近い。しかし、現代社会では自発的ではない引きこもりを何と呼ぶか。多分、監禁と言う。

あら、尋常ではなくかわいそうだわ。

「では、保留で」

なんだか話が重くなったので、考えた末に、私は先送りを決めた。

「うん、友達ね」

「人の話聞けよ」

私は渋い顔をした。この人やっぱり性格まで藤田さんっぽい。

「それより課題を進めましょう、相覧様に叱られてしまうわ」

時ちゃんはぱらぱらと手本の絵を並べた。議題が自らの有利に傾いた時点で、勝ち逃げを計ろうとしている。

「ん、ちょっと待って」

私は広げられた絵の一枚に目を留めた。

「この絵……」

梅に二羽の鳥がとまっている。

「掛け軸のと同じ構図？」

何から何まで同じというわけではないが、細部を除けば、ほぼ同じ絵だ。

「あ、そっか」

著作権のない時代である。他の絵の構図をそのまま自分の絵に使うなんてよくあることだ。美しく見える構図なんてそうそうたくさん見つかるものではないし、むしろ定番の美しいポーズはこぞって使い回される。彫像などは古代ギリシャで使われたポーズが古代ローマに伝わり、それを発掘したミケランジェロにさらに模倣され、現在に残っているなんてことがあるくらいだ。掛け軸の絵に元となる構図があってもよいはずだ。

「時ちゃん、これ、描こうよ」

私はその手本絵を時ちゃんの前に差し出して、ぺんぺんと叩いた。

「梅にヒバリ――――これを？」

「うん、なんなら三十枚全部これでいこう。ヒバリは雀に変えよう。そして、作品に仕上げよう」私は熱弁した。

「そんなに気に入ったのなら、その絵は紀伊に譲るわよ？」

「や、そうじゃなくて、私は時ちゃんが描くのを見たいなあと」

「ああ、嫌なのね。分かるわ、私も鳥を描くのは苦手なのよね。お手本はまだあるし、これはやめにしましょうか」

ありゃ、なんかうまく話が進まないな。前々から、自分はコミュニケーションに難のある女だと思っていたが、思っていた以上にひどいのか？

「えっと……描きたくない？」

「今日は紀伊の描き方を見に来たので、私のほうは二の次だわ」

「そうだっけ、じゃあ一緒に描こうか」

私は自分のコミュ障の惨状に傷つきながら、ぎこちなく笑った。

「いいわね、そうしましょう」

時ちゃんは嬉しそうににこにこと笑った。

私は墨を磨り終えて一息つき、そういえば、時ちゃんに言っておくことがあるのを思い出して、話しかけた。

「そういえば、今朝は庭に大きな黒犬が迷い込んだんだってね」

「そうみたいね」

時ちゃんはこちらには顔を向けずに答えた。

「ここの人は、そんなことも呪《のろ》いとか縁起が悪いって言うんだね。ちなみに、私の国には呪いなんて信じる人はいないよ。そんなの迷信だって」

私がそう言うと、時ちゃんは表情をなくしてこちらを見た。何か、心の内を悟られないようにしているようだった。

「私、二人で何かするって久しぶりだわ、お姉様がいたとき以来。義理の姉だったけど、あの人は本当に優しくしてくれた」

時ちゃんは困ったように貴族的な微笑みを作った。

「へー、お姉さん」

あれ？　私の発言は無視されてしまったか？

「とてもいい人だったのに、呪詛で亡くなってしまったの。紀伊が私のことを気にかけてくれるのは嬉しいけど、きっと、そういうふうに私は思うことはできない」

そういうことか……呪詛を迷信だと笑い飛ばせる状況には時ちゃんはいないのだ。

「怖い？」

「怖いわよ、死んでしまうんだもの」

平安は私のいた時代より、死が身近だとは思わない。やっぱり最後は死んじゃうっていうのは、現代でも昔でも同じだから。人間にとって、死の数が変わったことは歴史上で一度だってないのだから。でも、ここでは理解できない死が突然降ってくる。科学何も解明されないままの暗闇みたいな死が、準備もできないうちにやってくる。科学という言葉さえない時代、人が死んでも、死因が分からないのが普通の時代。それがここだ。

もののけという言葉を知っているだろうか、物の怪と書くことが多いが、古くは物の気と書いたそうだ。モノとは目に見える物理的なよく分からない何か、ケとは目に見えない精神的な分からない何か、訳すと何か何か。あるいは分からない分からない。だから、誰にも分からない死に襲われた人間を人は物の怪に取り殺されたと言う。

平安時代ではいろんなことが分かっていないまま、分からない分からないが人のそばまでやってくる。そしてその分からない分からないは、突然に人に死をもたらしてくる。だから平安時代に物の怪はいるのだと思う。ここでは解明されていない死は全て呪詛であり、物の怪によるものだからだ。

「……怖いね」

私は数日前の羅城門の暗闇を思い出していた。自分の存在さえあるのか確認できない真っ暗闇。何も知らない、何も分からない。そんな場所で突然降ってくるかもしれない死におびえないでいる方法を、私は知らない。

私たちの描いた梅にヒバリは、墨を付けすぎたせいか、なんだか暗い仕上がりになってしまった。

○

どごんと床から衝撃が走り、私の体は宙に浮いた。

体勢を立て直そうと壁に手を突こうとした時に、二発目の衝撃が来て側頭部から壁に体当たりした。周囲に助けを乞《こ》おうと口を開けたところで三発目の衝撃が見舞い、アッパー気味に舌を噛んだ。あ、びっくりして鼻水出ちゃった⁇と言って手で拭ったら鼻血だった。

以上は牛車の中の私の実況である。

平安京にて五日目、初めての貴族的なお出かけとなった。

その日の朝、身づくろいをしていると、家政婦さんに呼ばれた。時姫様が歌会に出かけるので、付き添いの用意をしてくれと言うのだ。

「出かけるのは明日じゃあないんですか？」

訊き返すと、方忌みをやるので一日早く出発するのだと言う。

「なんです？　それ」

「方違《かたたが》えともいいます」

「へえ、方違え。聞いたことはあるけど、やるんですか？」

方違えと言えば、陰陽師とかに占われた縁起の悪い方角に向かわないように、一度別の方角に移動してから、そこで一泊し、翌日改めて目的地に向かうやつ。大人数でやると経済的な損失が半端ないような気がするけど、まあ、貴族のやることだ。好きにしたまえ。

「異国には奇異な風習があることで」

　人様の風習に文句を言う立場にないので、私は渡来人のふりをした。

　見れば、庭では立派な黒牛が引き出され、男性陣が総出で藤原さんちのお出かけの用意をしていた。曇天の中でも鈍く光る牛車は綺麗だった。やっぱり私には工芸品の価値は分からないけれど、黒牛と合体して動く牛車のその姿はなかなか格好がいい。そのカッコよさに呼応して私の胸は高鳴った。

　――平安生活も悪くないいんじゃない？　そう思った。

　乗るまでは。


　借り物の服を汚さぬように、鼻にティッシュを詰めながら、雅《みやび》なはずのお出かけが、なぜこうなるかと考えた。考えれば必然の理《ことわり》だった。

　なぜならこの乗り物には何一つサスペンションの機能が存在していない。車輪すらゴムではなく木製だ。だから、何ものも車体からくる衝撃を妨げたりしない。数百キロの牛車が石を踏んづけて上下すると、数百キロの衝撃がそのまま私の腰を襲う構造になっている。必然として、衝撃を受けた私は、たまらず悲鳴を上げる。

　同乗者の時ちゃんと清子夫人は、手慣れた様子で両手を首の後ろに回し、頭部を保護している。前にも言ったとおり、お貴族様はめちゃくちゃ厚着なので、頭部以外は半ば服が保護してくれる。だから頭部保護重要。防災頭巾《ずきん》を作って売ったら、お貴族様はこぞって買ってくれるだろう

「――それ、飛行機の不時着の時やるやつだよね？」

私は突っ込んだが、「舌を噛みますよ」と清子さんに叱られ、黙って二人にならって頑張って自分の頭を守った。はてさて、雅はどこに消えたのか。

悪いことというものは続くものだ。私たちが耐衝撃姿勢を取っているうちに、雨が降り出した。

「もうすぐ着きますので」

清子さんは、不安そうに空を見つめる私をさとすように言った。

雨に濡《ぬ》れると、牛のほうも不機嫌になるらしく、車はさらに揺れた。この時代の雨具とか悪天候の対策とか色々聞きたかったが、口を開くと舌を噛むので歯を食いしばって頷いた。

しかし、悪いことはさらに続いた。

大きなお屋敷の前で牛車を止めて数分、おとないを告げに行った執事さんは帰って

こない。そして、時間が経《た》つごとに雨脚はどんどん強くなってきていた。

「不幸があったので、お泊めできないそうです」

やっと帰ってきた執事さんが、困った顔でそう告げた。

「不幸？」

私は時ちゃんの顔を見た。

「誰かお隠れになられたようです」

誰かお亡くなりになったそうな、お気の毒に。

「入れてくれないの？」

「穢《けが》れとなりますので」

「そこを何とかならないの？」

雨脚はいよいよ強くなり、遠くで雷が鳴り出している。

「無理です。今、何しているのか考えてください」

時ちゃんに注意された。ああ、アンラッキーなジンクスを避けてここに来たんだったね。悪いジンクスを避けて牛車で長々と歩いてきたのに、目的地にはもっと運の悪いジンクスが待っていたわけだ。

雨脚はさらに強くなってきている。正直な話、ジンクス外れすぎじゃね？

「……どうしましょう？」

私はみんなの顔を見た。

「――そういえば、この辺りは忠岑様が住んでいらした場所では？　確か、先ほど通った道を右に行った先だったと思います」

清子さんがポンと手を打った。

女のほうから殿方を訪ねられるような時代ではない。御簾から出ないはずの姫がなんでそんなこと知っているのか、道筋をすらすら語っているが、お忍びでここに来たのは何度目か、等々、清子さんと忠岑さんの仲を疑う言葉がいくつか頭に浮かんだが、藤原に消されるのはごめんなので、私は口を閉じた。

「忠岑さんは今は？」

「先年に亡くなられました。今は忠見様が一人で住んでいるはずです」

「壬生様が？」

時ちゃんが目を輝かせた。二度ほど牛車の中の温度が上がった気がした。

「牛車は入れるんですか？」

貴族たちは乗り気になっているが、庶民の家が藤原さん家みたいに大きいはずはない。私のいた場所では一般家庭に牛車で乗り付けられたら、こっぴどく怒られることになっている。

「問題ありません。忠岑様は馬がお好きで、あそこは門も大きく、牛も入れるような厩《うまや》がありました。私を乗せて馬を走らせてくれた時は、それは夢のよう――」

清子さん、ちょっと黙ろうか。私はにこにこと聞こえないふりをした。

親子の希望により、私たちは壬生忠見邸に押しかけることとなった。

壬生邸はそれなりに広かった。なんでも元は沼地だったのを埋め立てた土地なので、地面に水気が多く、買い手がつかなかった場所なのだという。それを忠岑さんが格安で購入し、努力して土地改善したそうな。――と、清子さんが言っていた。もう追及はしない。君らは黒と決まった。しかし、忠岑さんの努力も完全ではなかったのだろう。たどり着いた屋敷は液状化現象のせいか、少し傾いていた。少し浮いた軒下からは狸《たぬき》の親子がこちらを覗いている。

「突然押しかけて申し訳ありません」

そう言って清子さんに頭を下げられた家主は、微妙な顔をした。

言葉に直すと、父と仲の良かった貴族の人を雨の中出ていけとも言えないんだけど、こんなあばら家に藤原の人泊めて大丈夫？　という顔だ。

庶民の私は彼に大いに同情した。事務次官クラスの夫人を、掘っ建て小屋に招かねばならぬストレスは半端ではあるまい。出産後のハムスターならば耐えきれずにそろそろ子供の頭を齧り始める頃だ。

「突然のことで、大した歓迎もできませぬが……」

壬生は困った顔をうまく直せないままそう言った。

「いいえ、軒を貸していただければ十分です」

清子さんはいつもの安心させるような笑みを壬生に送った。それはあまりに貴族的で、かえって壬生にはきつい重圧がのしかかったのが私には見て取れた。

「——やっぱりご迷惑だったのでは？」

私たちは壬生のお母さんが使っていたという一室に通された。天真爛漫《てんしんらんまん》な母とは違い、時ちゃんは家主の重い空気を感じ取ったらしく、私の横に来て耳打ちした。

「大所帯での突然の訪問を受けて迷惑でないと言ったら嘘だね」

私は壬生に出された鉄臭い白湯《さゆ》を飲みながら答えた。大人数用に普段使っていない大鍋《おおなべ》を引っ張り出していきなり湯を沸かしたとみた。白湯からしてこれではほかの諸々《もろもろ》の接待も期待できない。

「――つまり、壬生様は困ってらっしゃるのね」

「そうね、一人暮らしの家庭は執事さんも含めて六人も客が来るとひどく困るでしょうね」

「どうすればいいかしら？」

訊かれたところで私のほうもあまりコミュニケーション能力は高くない。人類より石膏像の友人のほうが多いくらいだ。

「うーん、本人に訊くのがいいんじゃない？」

私は矛先をこの家の家主に転換した。

「なるほど。では、さっそく訊きに行きましょう」

時ちゃんは私の手を取って、立ち上がった。

「……この手は何？」

「一人で知らない家を歩くなんて怖いじゃない、紀伊は友達なんだから、私が手伝いに行くのを手伝ってくれますよね」

時ちゃんは手を引っ張って、可憐《かれん》な姫っぽいことを言った。かわいい。

「しょうがないなあ……」

私たちは手をつないで部屋を出ていった。

壬生を探して屋敷を歩き回ったが、案の定、台所らしき土間にその人はいた。むしろの上に卵や雉《きじ》を並べて難しい顔をしてそれらの食材を見つめている。

「壬生様」

時ちゃんに声をかけられ、壬生はびくりと震えて卵を取り落としそうになった。

「時姫様、どうなされた？」

壬生は驚いた顔のままこちらを向いた。

「何かお手伝いすることがあればと思いまして」

壬生は少しの間、袖で顔を隠した時ちゃんを見つめた後、私のほうを睨んだ。

「心外ですな、客もてなす力がないとお思いですか？」

思ったよりも尖《とが》った声が返ってきた。

現実に壬生は困っていたし、普通の検非違使には貴族をもてなす技術も経済力も足りていない。しかし、事実だからこそ、そう思われたくない心が壬生にはあるのだろう。歌も、武術も万能な男だが、だからこそ数少ない弱点を突かれるともろいようだ。

何よりプライドの高い人だからね。

「まともなおもてなしができないのは恥ずかしいことですが、それで苦悩する様を見られるのは、さらなる恥です。どうかお下がりください」

「でも……」

「お下がりください」

強い目で睨まれて、時ちゃんは顔を伏せた。

壬生は多分、的外れなおせっかいを時ちゃんに勧めた私に怒っているのだろう。壬生には壬生なりの面子《メンツ》とかそういうものがあったのに、第三者の私がかかわることで、普段は踏み込むことのない領域に時ちゃんを踏み込ませてしまった。壬生はそこら辺まで理解して私に怒りを向けているのだ。しかし、話している相手が時ちゃんなので、これは完全に誤爆になっている。

「ちょっと、なにそれ」

「女の出る幕ではないと言っている」

「料理で女が出てこなくて、ほかにどこに出るのよ」

私は前に出た。壬生の私への敵意が時ちゃんに誤爆するのは耐えられない。

「女は簾の奥におればよい」

女性蔑視《べっし》だ。

「今は、あんたのたっかい自尊心は折って、どうやったらうまくお客さんをもてなせるか考えるところでしょう？　それとも、ゆで卵だけで藤原さんもてなす？」

「鼻に紙を詰めた客に手伝わせて、もてなしもないだろう」

「鼻の紙は関係ないでしょう！」まだ詰めたままだったか。「藤原さんちの娘と下女が手伝ったくらいで、もてなしにならないなんて言うのは、ケ——懐が狭いわよ。いい？　お客にはあんたの誇りなんか関係ないの、そんなものは横に置いて、いかに相手に喜んでもらうかを考えるのが風雅でしょう」

おっと、興奮して乙女の道を踏み外すところだった。いかんよ、乙女がケツとか言っては。

「ケツの穴が小さいと言おうとしたのか？」

壬生は言葉の微妙な機微に反応した。余計な感性をお持ちである。

「してません！　乙女はケツとか言いません」

「ならば、なんと言おうとしたのだ？」

「……ケツの穴が小さいと言おうとしました」

私は不承不承答えた。

「おかしな女だな」

壬生はにやりとして私を見た。乙女の失態がよほど楽しいらしい。

「分かった、手伝ってもらおうか」

乙女を辱めることで溜飲が下がったのか、壬生は自分のプライドを畳んだ。いるよな、自分が優位に立ってないと人に頼み事ができない奴。

「しかし、あるのは雉と卵だけだぞ」

「十分よ、野菜や茸《きのこ》だってあるじゃない……知らないのもあるけど」

私は大根の横にある見慣れない菜っ葉をつまみあげた。

「なにこれ？」

「大根の間引き菜だ」

「………」間引き菜とは育成中に土地の広さが足りなかったり、育成が悪い葉っぱを間引いたもの。もったいないので農家ではお浸しにしたりして食います。たぶん貴族が食うものではないだろう。とりあえず、私はこれはカイワレ大根であると自分に言い聞かせることにした。

「時ちゃん、何か思いつく？」

「死んだ鳥には触ったことがありません」

姫はきっぱりと言った。

「よし、姫。庭に生えていたクマザサを取ってきてもらって、それでバランを作りなさい」

「ばらん？」

「えっとアレだよ、お弁当に入っている緑の仕切り」

「弁当」

「えーと」ないのか？「つまり料理に使う笹の飾り切りのこと、それを作ろう」

私は時ちゃんに戦力外通告をして、壬生に大雨の中クマザサを取りに行かせた。私は缶ペンに常備しているデザインナイフを時ちゃんに渡し、火を焚いてお湯を沸かした。

「紀伊はお料理できるんですか？」

時ちゃんは原始人よろしく、未知の道具、デザインナイフを見つめながら訊いてきた。

「んー、一応できるよ。姉ちゃんのほうがうまいけど」

私は姉ちゃんのまねっこはなんでもしたい子で、絵も料理も最初は姉ちゃんがやっていた。ただ、女子力の高い姉ちゃんがやっていたのは家庭料理であって、雉の羽根をもいで、肛門《こうもん》から内臓を取り出すことではない。順調に女子力を上げた姉に対して、父の海釣りに付いていって、船上で大魚を絞めるようになった妹の女子力はなぜか下降した。女らしい姉ちゃんと同じ方向に歩いていったつもりで、反対方向にたどり着くのはなぜだろう？

「紀伊の家族の話って初めて聞くわね」

「ん？　うん」

壬生のこともあるので、時ちゃんや清子さんに家族の話をふるのはどうかと思っている。でも、かえって気の使いすぎになるのかもしれない。

「うちは父さんは日本画──絵師なんだ。姉ちゃんはデザイナー……まあ絵師」

「すごいわね」

「うん、すごいんだよ。その七光りで、テレビ──いや、私の絵もみんなに褒められることもあったけど、今考えると私の実力じゃあなかったんだよね」

私は雉の肉を骨から外しながら愚痴っぽく言った。

「ふうん、お世辞だったってこと？」

「俊才だったけど、あんまり先のある才能じゃあなかったのよ。山月記と同じ」

「山月記？」

時ちゃんが首を傾げた頃に壬生がずぶぬれで帰ってきた。

家主が着替えてもどってきたとき、私は火であぶった鳥の骸骨だけをぐつぐつと鍋で煮込んでいた。それを見た彼は、心から厄介な奴に頼みごとをしてしまったという顔をした。

「……今、人生の選択に失敗したような顔をしたね」

「したな」家主は肯定した。そして、時ちゃんも同じ顔をしている。兄妹仲いいね。

「いや、骨を食えとか言わないから」

「ではこれは卜占《ぼくせん》か？」占いのこと。

「料理だよ」

私はできあがった鳥ガラ出汁《だし》を器に入れて冷まし、匂い消しに酒と塩で味を調えてからよく溶いた卵になじませ、茸とささみを入れて、蒸し米用の蒸し器に放り込んだ。物理法則が変わっていないので、それは茶わん蒸しになる。

「食べてみる？」

私はそれを壬生に与えて実験を試みた
「ん……うまい」

壬生は驚いたように言った。いい反応だ、実験を続けよう。

「おかわり」

戦力外の姫はおかわりしたので、鼻をつまんで叱っておいた。

次に、余ったささみも蒸して、それを細かくほぐしたものを、かつら剝《む》きした大根と間引き菜に混ぜてサラダにした。こうなると欲しくなるのはあれだな。

私は卵黄を酢に和《あ》えたものに少しずつ油を足した、物理法則が変わってはいないので、それは乳化してマヨネーズになる。

「なんですこれ？」

時ちゃんが不思議そうに覗いた。

「調味料だよ」

「へえ、調味料を自分で作るの？」

時ちゃんが驚いたので、私はいい気になった。

平安には味付けの文化がない。基本的に料理には味が付いておらず、食事の膳《ぜん》には塩、味噌《みそ》、酢、醤《ひしお》などが単品で置いてあって、各自で味付けをする。それなら、調味料を新しく作ってしまえばこちらの勝ちに違いない。と、いうのが私の考えである。

もも肉に穀物の粉を付けて唐揚げ風にして、野菜を酢と葛を足した鳥ガラで煎《い》ってあんかけにした。

「こんなのでいいかな」鳥肉メインで色味にかけるが、それは計算済みだ。そのための時ちゃんのバランである。笹の葉と杉の葉があれば、料理の色味はごまかせる。抗菌効果もあるので食中毒対策も万全だ。

「って、すげえのできてるな」

私は何やら中華的になった笹の葉を見つめた。

「こちらが胡蝶《こちょう》で、こちらが鳳凰《ほうおう》です」姫はどや顔をした。

そして、麒麟《きりん》と龍《りゅう》、玄武《げんぶ》。うっかりポテンシャルの高い巨勢相覧の弟子に文明の利器を渡すものではない。私は歴史に歪《ゆが》みができないように、彼女からデザインナイフを取り上げた。

「……本当に作ってしまったのか」

できあがった料理を、壬生はポカンと見つめた。

「鳥の骨を煮出した時は狂った渡来人を家に引き入れた自分が悪いのだと、人生を反省した」

「失礼だな、いいから冷めないうちにお客に出しなさいよ」

私は壬生を追い立てた。

「ああ、そうだな」

壬生は膳を持って立ち上がった。私も清子さんに持っていこうと立ち上がる。

「時姫様、紀伊」

　壬生はこちらを見ずに声をかけた。

「ありがとう」

　何やら小学生みたいな照れ隠しをして壬生は行ってしまった。

　向こうが照れたので、私もなんだか恥ずかしくなった。横を見ると、時ちゃんの顔も赤かった。


　夕食が済んで、もう寝ようかなあと思ったころ、先ほどの礼が言いたいと壬生に呼び出された。

「私たちこれから鳥の掛け軸を描かなくちゃあいけないんだけど」

「俺と話すのは嫌か？」

　不機嫌そうにそう問われて嫌とは言えない。嫌だけど。

　雨は上がり、嘘のように雲も消えていたので、縁側のほうの簾を下ろして時ちゃんと壬生と月を眺めた。月を眺めるのはとてもいい。風流だし、灯火代がかからなくて貧乏人に優しい。

「これも礼だ」

そう言って壬生はお椀《わん》に琥珀《こはく》色のものを注いで私にくれた。

「礼ですか」

「そうだ」

それはいただかねば失礼にあたるなと、私はぐいっとやった。

それは花のような香りと辛味に似た弱い刺激がする飲み物で、飲み込むと喉《のど》の奥からあったかくなってきた。平安特有の飲み物かしらと思ったが、すぐに現代でもなじみ深いお酒であることに気が付いた。

「え、ちょっとあんた未成年に酒を――」

「未成年？」

十三が成人だっけ？

「あーいや、法令違反を――」

平安にそんな法律はないね。

「どうした？」

「あ――」

お父様お母様、あなたの娘は決して法律を破るような子ではありません。御上《おかみ》万歳です。ですが、法令で許可されている国なら麻薬でも一度はトライしてみようとも思っている子です。お覚悟をよろしく。

「おかわり」

私は二杯目を所望した。合法で飲むお酒は、非常においしゅうございました。

紀伊だけ美味《うま》そうなものをもらうのは不公平だ。と異論を唱えた時ちゃんも合法のお酒を飲んだが、彼女は眠くなる体質らしく、すぐにくにゃっとなってしまった。

「弱いなあ」

壬生が上着を脱いで私に渡したので、私はそれを時ちゃんにかけた。においで分かるのか、壬生の上着を着た時ちゃんは、むふふと貴族らしからぬ声を出した。

「彼女の分は私がもらい受けますので」

私はお椀を差し出した。少しお酒で口の滑りが良くなっている気がする。

「お前も変な女だな」

壬生は呆れたように言った。

「みたいですねえ」

私は三杯目をいただいた。

「さっき時姫様と家族の話をしていたな」

してたよ。そして君はそれを雨の中で盗み聞きしてたのね。私は少し眉をひそめて壬生を見つめた。

「入れなかったのだ。親父《おやじ》と清子様の噂もあるからな」

そうね、お兄ちゃん。お互い藤原に消されぬよう気を付けようじゃあないか。

私は四杯目を所望した。

「国に夫はいるのか？」

壬生に言われて、私はこの阿保は何を言っているのだという顔をしたが、すぐ考え直した。平安では十七歳はそれなりの行き遅れだ。

「してないよ。うちの国、裳着が二十歳なんです」

「よく国が滅びんな」

「軽く滅びかけてるかも」

「だが、家族は恋しいだろう」

「……まあその、人並みにはね」私はうやむやに言った。別に弱みを吐露するほどこいつとは親しくない。

「天野《あまの》原《はら》　ふりさけ見れば　春日《かすが》なる——」

「——三笠《みかさ》の山に　出《い》でしつきかも」私は続けた。

「知っているのか？」

「有名だもの」私はへらへら笑った。遣唐使で中国に行って、帰ってこれなかった人の歌だね。

「帰れぬかもしれぬ旅は辛《つら》いな」

「ん？　いやあ、私のはそうでもないよ」

ちょっと盗賊にストリーキングを要求されたり、検非違使に盗賊の嫌疑をかけられたり、恐ろしい日本画教師に大量の課題を出されたりする程度……あれ？　結構辛い生活じゃあないか、気が付かなければよかった。

「まあ、お前には悩みも多かろう。悩みがあるなら聞くぞ」

またこの人は自分の運命も知らずに、人の世話ばかり焼こうとしている。当面の悩みと言えば、これ以上になく死亡フラグの立った壬生忠見に悩みを相談しろと言われていることかな。なんだか本人を目の前にしていると、運命を知っているのに黙っている自分が卑怯なような気分になってしまう。

「どうした？」

ふと、顔を上げると、心配そうな壬生の顔があった。

「故郷が思い出されるか？」

「あ――うん」

私は頭を振って、壬生に向き直った。

「帰りたいだろう」

「うん、でも、故郷にもあんまり居場所ないんだ。ここに来る少し前に、尊敬してた友達を失望させちゃったし」

「喧嘩別れか、それはつらいな」

「まあね、元々は、練習サボってた私のせいだしね」

私は酒の力を借りて、藤田さんとのことを壬生に話した。自分だけ壬生の不運な未来を知っているのがずるい気がして、自分の不幸話を披露した。それに、酔っぱらっていたし、千年前の人だから、何を言ってもいいやとも思っていた。

「――それで、藤田さんとは一緒に絵は描けないって言って、本当に怒らせちゃったの」

「ほう」

「その藤田という娘はお前にとって大切な人なのか？」

「もちろんよ！　強くて、かっこよくて、子建八斗。すごいんだから。それに――」

「それに？」

「美術部に誘ってくれたの彼女なの。高校に入ったら、絵描くのもうやめようと思ってたのに、うまくいかないデッサンだって、藤田さんとやったら楽しかった。卑屈になってた自分だって、藤田さんと一緒の時は好きでいられた」

「ふむ……」

　壬生は難しい顔をして私の話を聞いていた。

　どちらかと言うと、愚痴の意味合いの多い人生相談だったので、私のほうでは、あまり回答は期待していなかったのだけれど。

「……お前の言う藤田という方のことだが、わしの思う意見を言ってもよいか？」

「あ、うん」

「お前から聞いたその方の性格と、お前と会って一年経っているということを頭に入れて言うのだが、その方は、お前の絵の腕に怒ったのではないだろうな」

「え？」

　私は千年の酔いもさめるような気分になって、壬生を見た。

「あんた、藤田さんの何が分かるのよ」

「藤田さんは知らんが、相談に答える気でいる。嫌なら黙る」

「ごめん、続けて」

「うーむ……いや、やはりやめた」

「おいおい、やめないでよ」私は壬生の服の裾《すそ》をつかんだ。

「俺が口で言っても信じるまい、お前に選ばせることにする」

「何それ」

「いいか？　俺が話を聞いて考えた藤田という方の人間像は二つだ。一つはおぬしの才能だけに期待して、その才能がなくなったことに憤慨する女だ」

「失礼ね、藤田さんは——」

「もう一つは、お前自身と交友関係を結びたくて声をかけたのに、絵の腕だけを目当てに声をかけたとお前に勝手に思い込まれて、それに憤慨する女だ」

「え……？」

「わしは後者だと思う。理由は一年間お前の絵を見ていたら、腕のある者ならだいたいの画力の目算はついていると思うからだ」

「で、でも、一緒に都の展覧会に出そうって……」

「お前の思うほど、お前の腕は悪くない。それは相覧僧都が折り紙を付けたはずだ」

「でも、才能より努力が大事っていう話を……」

「努力を怠ったのは怒られて当然だし、本人が言っていたことを怠っておいて、友人になれぬなどと言われたらたまらんだろう。努力を推奨することを言っておきながら、自分が努力を怠ったので、交友を絶つとはずいぶんひどい話だ」

……筋は通っている。

「な、なんで壬生のほうが藤田さんのことに詳しいのよ」

「詳しくなどない、お前に選べと言っただけだ」

「ええ――どうしよう！　藤田さんにすごく失礼なことしちゃった！」

私は頭を抱えて床を転がった。

「謝ればよかろう」

「ちょ、勝手なこと言わないでよ。許してくれるはずないよ」

「分かるさ、お前がそう言った。それに、お前は自分が思うほどつまらぬ女でもない」

「へ？」

「いや、忘れろ」

「何よそれ、さてはあんた藤田さんの親戚《しんせき》でしょう。みんな知ってるんでしょう！」

酔っぱらいの私は錯乱したことを言ったが、当たらずとも遠からず。ご先祖の兄である。

「藤田という方は、口ぶりからすれば縁の切れた相手の記憶からは徹底的に消えようとするのだろう？　ならば、お前から友達になれないと言われたらああそうかと黙って立ち去ればいい、怒る必要などない。つまらぬ輩にはわしも同じことをする。阿呆の相手をして時間の無駄をするくらいなら、無視を決めこむ」

う、いちいち的確に言うな。

「……謝りに行かなきゃ駄目かな？」

「お前が彼女を大事に思うならな。黙っていればそのまま切れる縁だろう、お前次第だ」

「さらっと言わないでよ。勇気いるんだから」

「それは、相手も同じだったはずだ。拒絶されるかもしれない相手に声をかけるのは怖い」

う、私はそこを勝手に拒絶しちゃったわけね。

「私自分のことばっかり考えて、かっこ悪い」

「そうだな」

壬生は頷いて言葉を切った。私の考えがまとまるのをゆっくり待っているようだった。今更気が付いたが、結構まともに相談に乗ってもらっているじゃあないか。こいつが真面目《まじめ》に話を聞いてくれるなんて、思ってもみなかった。

「……行くよ、ありがとう」

私は控えめな声で壬生に礼を言った。そうだ、帰らなければ。

壬生は黙って頷いた。

私は空に上がるまん丸の月を見つめた。

○

夢を見ていた。

絵の具の香料に混じって、お酒の匂いがする。子供の頃に通っていた絵画教室だ。酒好きのおじいさんがやっていた駅前のビルの二階。角の窓際が私の定位置だった。ピアノの音がする。隣のビルの一階が喫茶店になっていて、そこからはいつもピアノの演奏が流れてきた。クラッシックなんて聴きもしないくせに、私はそのピアノが好きだった。

私は演奏の音に合わせていつまでも筆を動かしていた。そのピアノの音を聞いていると、いくらでも絵を描いていられる気がした。目はキャンバスに向けられていたが、心はいつもピアノを弾いている見たこともない誰かに想像を巡らせていた。

その想像は、ほんの少しだけ、私に力を与えていたのだと思う。

私は今でも時々あのピアノを探している。自分の手からこぼれ落ちた才能を、あの音が取り戻してくれるのかもしれないと、そんな甘いことを考えているのかもしれない。

壬生邸に泊まった翌日も私は牛車に乗った。

二日酔いの女が牛車に乗ったらどうなるかは、予想がつきそうなものだ。きっとお食事中の方もいるだろうから描写はやめておく。

ああ、うん。乙女は吐きました。

私は牛車通勤をあきらめて、徒歩で歌会に向かうことになった。風雅はどこにいったのか？

「壬生、どうしたの？」

牛車の外に出ると、涼しい顔をした壬生が私を見下ろしていた。

「清子様の牛車から悲鳴が聞こえたので何事かと思って見に来てみたら、お前が転り出てきた」

私の「降ります、降ります！　下ろして！」という悲鳴のことかい？　じゃあそのあとに道の端で昨日のお酒を土に返していたところも見られたんだね、恥辱だ。

「壬生も行くの？　歌会」

「近頃は無駄に呼びつけられる。内裏の歌会に召された威光というやつだろう」

歩きながら壬生は言った。しかし、その顔は時ちゃんと同じ渋い表情で、楽しいことが待っているという顔ではなかった。

「歌会なのにあんまり楽しそうじゃあないね」

「楽しい会もあるが、これは楽しくない会だ」

「じゃあ行かなきゃあいいのに」

「楽しいだけの人生などありはしない。内裏の殿上人《てんじょうびと》の集まりなど楽しいはずがないだろう」

私も渋い顔をした。さんざん牛に揺られて楽しくないところに行くのでは浮かばれない。

「酒は上等のがあるぞ」

「あなた私を何だと思っているの？」

「蟒蛇《うわばみ》」

「それは、乙女に向けて使う表現じゃあないから！」

「俺もそう思う」

どういう意味だこの野郎！

私が憤慨すると、壬生は楽しそうに笑った。

壬生忠見と歩きながら、延々と続く塀を見つめた。

「……ずっと続くね」

「目的地はこの中だが、入り口まではまだある。豪華な屋敷だ」

「うわあ、この家のひと毎日牛車通勤だよ。かわいそうに」

私はしょっぱい顔をした。

「紀伊」

壬生が真っすぐに私を見つめて言った。

「うん？」

「お前は感覚がおかしい」

「あなたは会うたびに私の感性を否定する人だね」

「黙っておれないのだ」

壬生はかわいそうなものを見る目で私を見た。

「何よ、じゃあ壬生にはここに住むのが素敵に見えるわけ？」

「金と権力には興味があるな」

「世の中銭ですか」違うとは言わないし、くれると言ったらもらうけど。

「そうだな、望みをかなえるのにはたくさんいる」

「望み――ね」

私は頭の中にある質問が湧いて、一瞬躊躇した。私が知りたいことは、同時に知ってはいけないことのようにも感じたからだ。つまりそれは、一年後には死んでしまう壬生の――

「――壬生の望みって何？」

吐き出した声が震えていなかったか、私は心配になった。

「そうだな……歌を広げることだ。良い歌を後の世にたくさん残し、たくさん作ることだ。貴族も農民もない、誰もが自分の気分に合わせた歌を知っていて、いつでもそれを口ずさめるような世にすることだ」

壬生は少し考えるようなそぶりをしてから、素っ気なく言った。素っ気ないどころかどことなく不機嫌になっている。

「……それだけ？」

「ああ、そうだ」

──なんだ、普通じゃん。

そう言いかけて、私は口を閉じた。

「普通じゃ──」ないんだ。ここでは。

インターネットや製版技術が発達しているわけではない。だから、歌も物語も簡単には手に入らない世の中だ。ロックと落語がないと生きていけないと豪語する私の姉などは、数日で干からびて死んでしまうことだろう。

「今の世は和歌も漢詩も限られた人々のものだ。知識のない庶民共には芸術は不相応だと言う。俺はそうは思わん。歌は誰のものでもない、誰でも歌を持つ権利はあるはずだ。父忠岑や貫之様も同じ気持ちで古今和歌集の歌を集めたのだろうと俺は思っている」

「へえ、すげえ」

「……笑わぬのか？」

「？　どっか笑うところあったの？」

壬生は私の顔をしげしげと見つめた。平たい顔に目鼻が気持ちばかり乗っているだけなので、見つめるほど興味深い造形ではないはずだが。

「皆笑う、下人や農民が歌を聞いてどうする、知識があってこそ詩や歌は価値を示すのだと」

「馬鹿言うなよ。誰にでも分かってこそ本当の芸術じゃん。シャルル・ペローが民話を集めて童話集を作ったのと同じでしょう？　あれ、初めは自分の子供のために書いたんだっていうし、知恵なんかなくてもミケランジェロの彫刻は素敵だよ。よく分からん芸術も多いけど、それはきっと素敵だと思う誰かがいるんだと思う」

「みけ？　うむ、そうだ。芸術が一部の人間のものになっているんだとしたら、それはただ多様性がないだけだ。貴族がよいと思う歌があるのと同じように、農民が好ましいと思える歌があってよいはずだ。俺が求めるのは阿呆にも稚児《ちご》にも、阿呆の渡来人にも感じ入ることのできる歌だ。知恵がなければ理解できぬ歌などつまらぬ。人が花を見て美しいと感じるのと同じように、美しく感じられる歌こそが上質な歌ではないか。しかし、それに達するまでには決定的に歌の数が少ないのだ」

気が付けば、壬生はこぶしを握って熱弁している。

「そ、ミケランジェロはそのために宗教戒律で破壊された良い作品をたくさん発掘し、ダビンチは中世に禁止された写実的な絵画を復活させた。貫之さんや忠岑さんだって同じでしょう。良い作品を掘り起こして、後世に伝える。多様性を保って、少しずつ世の中の芸術の量を増やしていくために。その目的は――」

――この世界を芸術で埋め尽くすこと。

壬生はそう言ってにやりと笑った。

そうだ。この世界をいとおしいものでいっぱいにしてやろう。かわいくて、あはれで、かっこよくて、それでいてうつくしいもので覆い尽くしてやろう。壊すのがもったいなくて仕方がない世界にしてやろう。歌で埋め尽くしてやろう、絵画で埋め尽くしてやろう、彫刻で埋め尽くしてやろう、漫画で、アニメで、能で、歌舞伎で、文楽で、映画で、フィギュアで、この世を埋めてやろう。壊されるのはいつものことだけど、壊すとなんだか後悔する世界にしてやろう。その後悔が、壊された後の世界をほんの少しだけ守るのだから。

「いいじゃん、かっこいい夢だよ」

私は楽しくなって、いひひと笑った。

「……馬鹿にされるかと思った」

壬生は驚いたように私を見た。

「まさか！　馬鹿って言ったら自分が馬鹿、それにミケランジェロも馬鹿ってことになる。そんなの私、許さない！」

「落ち着け馬鹿」

お前が言うのかよ。

「騒ぐな恥ずかしい」
壬生は頭を掻いて、少し赤らんだ顔を私から背けた。
「すごいよ、だって――」
私のいる未来は、そうなっているのだから。歌にあふれているのだから。
芸術家たちが世界を変えたからだ。
でも……
そうだ、でも。
壬生の人生はもう一年も残っていない。もう、壬生はその夢に参加できない。
ダビンチやミケランジェロと同じ道を見つけたのに、そこには一緒に行けない。
「そっか……」聞くんじゃなかった。
私の弾けるほど膨らんだ心は、すぐに塩菜になった。
肩を落とした私を何と思ったのか、壬生は大きな手で私の頭をくしゃりと撫《な》でた。

藤原師輔さんの家は非常に広かった。楽に牛車がすれ違える大きな門から入ると、
右手には牛車ごと入れる屋根付きの駐車場があった。車宿という建物らしい。
「女は車宿の幕を渡したところから入れ」

顔を見せない姫はそこから簾を下ろした部屋に入っていくらしい。部屋の正面は広い庭に面していて、庭には白い菊の花が咲き乱れ、散った菊の花びらが地面を埋めていた。

「残菊の宴にならった宴なのでしょう。咲き残った菊を愛《め》でる宴ですが、散った菊の香りが最も強くなるこの時期が私は好きですね」

私を見つけた時ちゃんが横に来て説明してくれた。菊の香りがメインになるから、御簾の奥からでも楽しめる宴になっている。時ちゃんは嫌いだと言うが、なかなか風雅じゃあないか、私はちょっと感心した。

「あら？」

簾の中にいる姫の一人が私に目を留めて眉をひそめた。ひときわ高そうな服を着た子で、年は時ちゃんと同じくらい。目に少し険があるが、睫毛が長くかなりお綺麗な子だ。

「ちょっと、下女は入ってこないで。車宿に戻りなさい」

「あ、そういうルール？　ごめんなさい」

私はうっかり女性専用車に入り込んでしまった殿方のように、顔を赤くして簾から出ていこうとした。

「え、紀伊は私の友人ですよ」

　しかし、それに時ちゃんが反論した。

「は？　下女が友達なわけないでしょう？」

「彼女は下女ではありません、私の友人です！」

　時ちゃんが急に怒鳴ったので、相手の女の子はびっくりして口を閉じた。私はもっとびっくりして壁まで下がってしまった。

「……どうしたの？」

　私は時ちゃんに近づいて訊いた。温厚な彼女らしくもない。

「……ごめんなさい、気が立ってしまって、こういう歌会に来ると周りがみんな敵に見えてしまうの」

「そっか」

「そばにいて、紀伊。私やっぱり歌会って嫌い」

　時ちゃんは前を搔き合わせるように襟を摑んだ。強気なようでいて、結構怖がっているようだ。周りを見ると、確かに敵意とも嫌悪感ともつかない視線が私たちを囲んでいた。

　見れば、菊の庭では男たちがぽつりぽつりと歌を詠み、歌会を始めていた。菊について歌を歌い、どこが悪い、どこがいいと、批評し合っている。私には専門的すぎて、彼らの言うことはよく分からない。ただ、藤原の人たちが歌った歌を壬生が添削をすると少し歌が聞きやすくなるのは分かるような気がした。やはりあの人は歌人としては一流らしい。藤原の人々が口々に壬生のことを褒めると、壬生はぽつりと歌った。

「吹く風に　散るものならば　菊の花　雲ゐなりとも　色は見てまし」

藤原の人々から笑いが起こった。

「なんて意味？」

私は隣の時ちゃんに訊いた。

「内裏の残菊の宴を歌った歌です。自分の官位では行けない雲上の宴を見てみたいものだという皮肉です」

要は自虐ネタ。少し褒められすぎたので自分を卑下することで妬《ねた》まれぬよう気を遣ったらしい。藤原さんちでわざわざ自虐ネタをやらなくってもいいのに。

なるほど、これは楽しい歌会ではなさそうだと実感して、私は壬生を見つめた。

「誰か、歌ってくださらない？」

会が進むうちに、さっき私を注意した子が立ち上がって言った。

「そうね……あなた歌ってくださらない？」

「え、わたし？」

私が自分を指さすと、彼女は頷いた。何やらさっき時ちゃんに怒鳴られた意趣返しの匂いがする。

「ちょっと、媓子《あきこ》様！　彼女は渡来人で――」

時ちゃんが慌てたように言った。

「何かおかしいことがありますか？　歌会に来たのだから、当然歌ってくださるのでしょう？」

媓子と呼ばれた子はまっとうな正論を言った。

「えっと……」どうしよう。

私は周囲の視線が自分に集まるのに胃を痛めながら知恵を絞った。藤田さんの歌っていた歌を頭に思い浮かべてみた。専門知識などないが、これでも現代人としては和歌を知っているほうだと思う。

「地はひとつ　大白蓮《だいびゃくれん》の花と見ぬ――」

言いかけて、私は言葉を止めた。歌会に来ていた人たちが、私の言葉にざわつきだしたからだ。ふと、空気が歪んだような違和感が背中を駆けた。

あれ、これやばくね？

平安時代の絵画は巨勢相覧を含めて、ほとんど現代に残っていない、紙の文化は火事に弱い。惜しいかな、先生の真作に現代で出会うことはできない。対して歌や文献は結構根強く残っている。絵と違っていくらでも複製が利くからだ。

そして、周囲を見回してみれば、みなさん筆と短冊を手に持っている。これが残ると与謝野晶子さんに迷惑がかかるのは元より、私が思いもよらない場所にまで影響が及んでしまうのではないだろうか？　例えば——ここにいる藤田さんの先祖から、藤田さん自身に……

「あ……」

「どうしました？」

時ちゃんが不思議そうに覗き込んできた。

「え……と、ごめん。仕切り直し」

私は手を振って、さっきの歌を打ち消した。

「え、やり直すの？」

媓子ちゃんが不思議そうな顔をした。それはそうだ、天才、与謝野晶子の歌を仕切り直す馬鹿はほかにいない。

「……やっぱり思いつきません」

しらけたような空気が周囲を包み込む。まことに申し訳がない。

「そうですか、ではお帰りください。ここは歌会ですので。ここは右大臣、藤原師輔様のお屋敷です。下女が迷い込んでいい場所ではないの」

媓子ちゃんは、張り付いた笑顔でそう言った。笑ってはいるが、その奥には隠しきれない怒気がにじんでいる。

ですね。私は頷いた。

周囲を見回すと、嫌悪感をにじませた貴族の姫たちの視線の中に、怯えが混じっていることに気が付いた。私と目を合わせると、彼らは急いで目をそらした。御簾の奥にいる姫にとっては、貴族だけの場所に素性の分からない女が混じるのは結構怖いことなのかもしれない。

「紀伊が出ていくなら私も帰ります」

私と一緒に時ちゃんが立ち上がった。

「時姫！」

今まで黙っていた清子さんが声を上げた。しかし、時ちゃんはそちらには顔を向けずに出ていこうとする。誰も招待客の時ちゃんに帰れなんて言っていない。あからさまに帰るなんて言われたら、招待したほうの面子がつぶれる。そして、貴族の人ってめっちゃ面子にこだわりそう。

「あなた何なの？　貴人の部屋に下女を連れ込んで、私たちを馬鹿にしているの？

私は招待されていない彼女に退出を願っただけです」

媓子ちゃんは時ちゃんの背中に向かって、叱り付けるように言った。媓子ちゃんは媓子ちゃんなりの正義感で不審者を追い出そうとしただけなんだが、予想外のことになって、少し慌てているようだ。

「時ちゃん！」

私は声をかけた。こんなに空気の読めない子だっただろうか？

簾の奥の諍《いさか》いに気が付いたのか、庭にいる男性陣もこちらに目を向けている。宴の空気がだんだん不機嫌な感じに変わろうとしていた。

「失礼」

私がまあまあと仲裁していると、見慣れた長身の男が簾越しに声をかけてきた。

「申し訳ない。その女は歌の技術を持ち合わせておりませぬ。歌はお許し願えませぬか？」

お、壬生、助けに来たのか。さすが時ちゃんの王子様。頼むぞ、言ってやれ。

「絵師なのだ」

何言ってんだこの唐変木。

私は壬生の意図を察して目を剝いた。

「余興にと連れて来たのです。ですから、歌ではなく筆をお申し付けください」

「え、ちょ……」

「あら、そうなのですか？　ならば言ってくれればよいのに」

媓子ちゃんは訝《いぶか》しげではあるが、不承不承頷いた。

壬生は宴の中での諍いを冷静に収めた。しかし、代償として一人、スケープゴートが差し出された。


さすが右大臣の邸宅、数分で日本画制作の準備ができたよ……うふふ。

私は体中の穴から汗を流して、白い紙と対峙《たいじ》していた。

虫女に高級官僚たちの前で絵を描けって？　できるはずないだろうに！　私は鼻がもげればいいのにと念じて、横に座った壬生を睨んだ。

「そう睨むな、これしか方法がなかったのだ」

壬生は涼しい顔で呟いた。

「人を奈落《ならく》に落とした奴がいけしゃあしゃあと」

「お前は時姫様をお守りする役目だろう。喜んで盾をやれ」

私は苦い顔をして、彼の住む素敵な木のおうちが燃えることを心から願った。

顔を上げると、いかめしい顔の政府高官たちが、好奇の目で私を見つめていた。なんだか漫画みたいにガタガタと手足が震えたが、それを面白いと思う心の余裕は私にはなかった。

——怖い。

たくさんの人の前で、自分をさらすのってこんなに怖いのか。否定されて、自分の根幹が打ち砕かれるかもしれないのって、こんなに怖いんだ。

呑舟の魚と言われた子供の頃はへらへらと、都の画壇の先生方と話していたものだが、自分の限界を知った私の器はもはやメダカクラス。魚類のくせにタガメに狩られてしまうような小物だ。小魚クラスの私には、世の中の人間全てが恐ろしい。

ぎゅっと腕を押さえたが、いくら待っても手足の震えは収まってくれそうもない。

怖い、怖い、怖い、怖い、怖い、怖い。

やだ、やだ、やだ、やだ、やだ、やだ。

「安心しろ。お前だけにやらせるわけではない」

震えているままの私の手を壬生の手が押さえた。

「屏風歌だ。半分は俺がやる」

「文字書くだけじゃん！」

私は半ベソで怒鳴った。

「いや、もう半分は――菅原《すがわら》公が描くだろう」

「何言ってん――うわ！」

有無も言わさず壬生の大きな手のひらが私の両目を塞いだ。

「え、ちょ、ちょっ！」公衆の面前で何をする！

私はもがいたが、検非違使の力には逆らえず、なんか後ろから抱きすくめられたような感じになった。

「暴れるな、静かにしろ」

「その言い方やめてよ、ほんとに襲われてるみたいじゃない！」

「お前を襲うなら鹿を相手にしたほうがましだ」

「え、あんた鹿さんにいったい何をするの⁉　やめてかわいそう！」

「分かった、鹿もお前も取って食わぬ」

ん？　あ、うん……鹿さんの貞操云々《うんぬん》の方向ではないのね、安心したよ。

「だから静かにしろ」

「……………」

「絵のことだけ考えろ、息を整えて、意識を目の前の紙にだけ集中しろ」

大きな手で顔が覆われ、後ろへ伸びる腕が被さって、服の袖で耳も片方が塞がれている。片耳には観衆のざわめき、もう片耳には壬生の手首に流れる血液の音が聞こえていた。

ざわめきが聞こえていたほうの音が、そっと顔を寄せてくる気配で薄まる。

「え、ちょっと……」なにこれ、恥ずかしい！

耳たぶに息がかかり、ひいっ、と体を引きつらせる。

「このたびは　ぬさもとりあへず　手向山《たむけやま》――」

あ、これ知ってる。百人一首の菅原道真《みちざね》の歌。

はっきり言って、私はこの歌が好きじゃない。『神様への捧げものを忘れたんで、ここに見える紅葉の景色が捧げものです』って歌。は？　何じゃそりゃ、気の利いた言葉なの？　歌っている本人の顔が見えないのに、なんかうまいこと言ったでしょう感だけが見えて、何が素敵なのかさっぱり分からない。この歌は何の感情も湧かない平べったい歌だと私は思っていた。

　でも、壬生の声はそんなことを言っていなかった。声を通して、壬生の解釈が私に伝わってくるようだった。

「このたびは　ぬさもとりあへず　手向山　もみぢのにしき　神のまにまに」

　ああ、そうか、この歌は——

「——ひぃ？」

　しゃっくりみたいな声が出た。同時にぐいっと引っ張り上げられる感覚が背骨を駆けた。

　それから、本当の意味で視界が暗転した。

　——あれ？　真っ暗だ。

　私、何してたんだっけ？

　何も見えない……

　木のきしむ音がする、牛車だ。下人が牛を追い立てている。土の匂い、舗装もろくにしていない山道を、みんな汗みずくになって進んでいる。牛も人間も泥だらけだ。

そうだ、これは急ぐ旅だ。

机にかじりついての激務が終わって、息をつく間もないうちに転勤、無理な日程に追われるように旅路についた。時間に余裕がないのに道は悪路、水たまりにはまり、岩に引っかかり、木の根やぬかるみばかりに気を取られる道程。周囲を叱りつけながら、地面ばかりを見ている。秋の風に体を冷やされると、旅の安全を祈る儀式をさっぱりやっていなかったことが頭をよぎったが、風が止めば流れる汗がその思いさえ押し流してしまった。ただただ足元の泥だけを見つめて、憎たらしい急勾配《こうばい》の坂道を曲がった。

坂が終わり、視界が開けた。

『「なんて景色だ」』

そう言ったのは私だったか、菅原道真だったのか。

山深い、人一人いない場所で、さっきまで誰にも見られることもなかった、一面の紅葉。山全体が発狂してしまったかのような色彩が、心に飛び込んできた。

怒鳴り合って、牛車を追い立てていた男たちが、激務に追われて自分を振り返る暇さえなかった男が、音を発するのをやめて立ち止まった。息を止めて、立ち止まった。

文官も、雑色も、牛飼い童《わらわ》も、みんなが神を感じてしまった。

景色に心を奪われてしまった。

神なんて心の端にもおいていなかった人々が、景色など見るはずもない男たちが、その色彩に膝を折り、神を思ってしまった。急ぐ旅も、山積みの仕事も、自分の職務も。すべて失念して、うっかり神にひれ伏してしまう、そんな景色――

「なんて景色だ――」

男は立ち上がり、もどかしいように筆を取る。

男は短冊に筆を落としかけて、ふと、こちらに目線を送った。

何かつぶやいた。

――君は描かないのか？

「へ？」

…………………………。

あ、そうか。

私も描かなきゃ。

そうだ、描かなきゃ。菅原道真の見たこの景色を描かなきゃ。急がないと。

感動が消えてしまう前に。
過去に持ち去られてしまう前に。
早く、早く、早く。
急げ、急げ、急げ。
私はあわあわと泳ぐように、筆を手に取った。
慌てた体を白紙に擦りつけるようにして、私は筆を構える。
道真さんが短冊に筆を下ろすのに合わせて、
私はトンと白紙に筆を下ろした。

「もういいぞ」

ぐいっと物理的に引っ張り上げられ、私は猫の子のように壬生に吊《つ》り下げられた。

「へ？」

白紙に紅葉の景色が広がっていた。

「………なにこれ？」

白紙をはみ出して、床まで狂った発色の紅葉は広がっていた。

「お前が描いたんだ」

「え、うそ。私こんなの描けないよ」

「それでもお前が描いたのだ」

壬生は筆を一本拾い上げると、紅葉に埋め尽くされた紙に、筆を滑らせた。

このたびは　ぬさもとりあへず　手向山　もみぢのにしき　神のまにまに

私の耳に、驚いたような観衆のざわめきが戻ってきた。

御簾の奥で時ちゃんが満面の笑みを浮かべている。

藤原の人たちが少しうろたえ、それを顔に出さないように引っ込めたのが見えた。

中学生くらいの女の子が数人簾の間近に来て、じっと絵を見つめてるのが見える。

媓子ちゃんが半口を開けて、ぽかんと立っているのが見える。

手がしびれていた。

関節がこわばっていた。

かがんだままの腰骨が悲鳴を上げている。

冬だというのに、体中に汗をかいている。

でも、それが心地よかった。

疲労が心地よいなんて何年ぶりだろう。

私は壬生を振り返って睨んだ。さっきまで少なくとも五十はこの男に向かって言うべき悪言雑言が喉の奥にあったのだが、いざ口を開こうとしたら、綺麗さっぱり消えていた。

「――ありがとう。助けてくれて」私は仕方なく、喉元に残っていた一言を、壬生に言った。

「媓子様、私の友人への言葉を取り消してくれますね。彼女は下女じゃあない」

時ちゃんは、相手を真っすぐに見て言った。

「え、いいよ。悪気があって、言ったんじゃあないし」

私は手を振って遠慮した。庶民である私は、姫様に頭を下げられる立場にはない。

「あなた何なのよ！」

我慢するように拳《こぶし》を握っていた媓子ちゃんが、唐突に切れた。

「下女を友人と言ったり、平気で藤原家を批判したり、それが周りを惑わすと思わないの？」

「私は嘘は言わない。彼女は友達よ」

「分かった。それはそれでいいわ、でも、自分が周りを惑わせている自覚はないの？　あなたみたいな誰の子かも分からない娘に入内の話が来て、みんなひどく困ってるのよ？　静かにしているべきじゃあないの？」

入内とは、女性が内裏に入ること。後宮に入って天皇陛下のお嫁さんになること。つまり、時ちゃんには、天皇陛下からの縁談のお話が来たということ。

「それはお断りいたしました」

「当然よ、親も分からない子が皇后にでもなったら、権力に大穴が開くもの。あなたにこの国を荒らされてたまるものですか」

貴族の娘が天皇陛下と結婚して、次の天皇になる人の母になる。それは、その一族に大きな権力を与える。しかし、藤原同士でも権力からの追い落とし合いをやっているこの時代では、権力の行く末がはっきりしない皇后は都合が悪い。

藤原氏が政治をやることが国を盤石にすると彼女は信じている。そしてそれは、この村上《むらかみ》天皇の時代では間違いではない。平安時代でも特にこの時代は治世がよかったといわれている。だから、媓子ちゃんの言うことは正しい。でも、生まれたことがすでに正しくないと言われる時ちゃんは、一体どうしたらいいの？

「それが聞きたかったのよ」

時ちゃんはそう言って周囲を睨みつけた。私も周囲の貴族たちも彼女の言葉の行く先が見えず、唖然と時ちゃんを見た。

「私が邪魔ならそう言えばいいじゃない！　わざわざ陰険な宴に呼んだりなんかせず、家に来て正面から気に入らないって言って、ひっぱたけばいいじゃない。私も殴り返してやるわよ。呪詛なんて陰険なことをしないで、正面から来ればいいじゃない。裏で人を呪っておいて表面上だけとりつくろって、風雅なつもりなの？　こんなふうに姉さんも殺したんでしょう、こんなの卑怯《ひきょう》よ！」

時ちゃんは吠えた。彼女は怒っていた。にこにこ笑いながら自分を呪詛する貴族たちに、彼女から姉を奪った陰湿な貴族の慣習それ自体に。

宴は水を打ったように静まりかえった。周囲が静まりかえったことが、かえって彼女の言葉が正しいのを証明してしまった。

逆に呪いを信じない私は、時ちゃんの反応が過敏に見えてしまって困惑した。時ちゃんも貴族たちも呪詛の存在をまったく疑っていない。それが私には分からない。

私は混乱した頭で二つのことを考えた。一つはここにいる藤原の人たちが時ちゃんに敵意を持っているということ、もう一つは、呪詛のことは横に置いて、その敵対心の結果時ちゃんのお姉さんが亡くなっているということ。

——ならば、この宴は危険な場所なのではないだろうか？

私ははっとして周囲に視線を走らせた。

犬がいた。貴族の姫しかいないはずの場所に、ずっといたかのように大きな犬が座っていた。時ちゃんの家で家政婦さんを襲った犬と同じやつじゃあないかと思った。

そうだとしたら、この犬は人に訓練された犬なのではないだろうか？　そう思った時、黒犬が解き放たれたように時ちゃんに向かって跳躍した。

「危ない！」

私は反射的に時ちゃんを抱えてかばっていた。

ナチスドイツの実験では、犬は十キロほどの体重があれば武器を持たない成人男性を十分に殺傷できる能力があるという結果が出た。とかいういらない情報が頭をよぎった。

物が倒れる音がして、周囲を血の臭いが包んだ。

「あれ？　痛くない」

？？？？？

顔を上げる。

「壬生！」

私の前に壬生が立ちはだかり、壬生の差し出した手に、がっちりと黒犬の歯が食い込んでいた。

「え、ちょ、み……」

息が止まる。他人の血を見るのがこんなに驚くことだとは思わなかった。

心臓に痛みが走り、ぎゅっとしぼむ。

「下がれ、馬鹿！」

腰を抜かしたように座り込む私を壬生が怒鳴りつけた。

壬生は噛まれていないほうの手で刀をつかむと、柄《つか》のほうで犬の顎を殴りつけた。

「歯向かうな」

壬生の手から離れ、唸り声をあげる黒犬に、壬生は刃を向けた。

犬は武器を持った人間には敵《かな》わない。

身をかがめて飛びかかろうとしていた黒犬は、何かに気が付いたように唸るのをやめた。どこからか聞こえた口笛を合図に黒犬は低く飛び、駆け去った。

「不吉――ですな」

庭の端に僧侶が立っていた。背の高い老人、枯れ木のように手足は長いが猫背で、どこか不自然な感じがする。デッサンの形がうまく取れない変な老人だった。

「良くない気を感じる」

そう言って僧侶はお経を唱え出した。

犬を調教する技術はこの頃はそんなになじみ深いものではないのだろう。貴族たちはやはり呪いだとささやき合った。

「壬生！」

私は上着を脱ぐと、血があふれ出る壬生の傷口を縛った。

「お、おい」

壬生は驚いた顔をした。私の着ていたものは清子さんからの借り物で、結構なお値段がする。後で現代換算の値段を想像して、私は自主的に清子さんに平謝りに土下座することとなるのだが、その時はそんなことは頭に入っていなかった。

「誰か――」

周囲を見て愕然《がくぜん》とした。

女性はみんなこの部屋から出ていこうとする。男たちはみんな遠巻きにささやき合っている。病気の風を避けるみたいに。

ただ一人、媓子ちゃんだけが困ったように立ち尽くしている。

え？　なんでみんな怪我した人を助けないの？

正義を信条とする彼女は、私と同じことを考えているのだろう。

「——血は穢れです。皆さま敬遠されているのでしょう」

時ちゃんは私に言ったのか、媓子ちゃんに言ったのか、ぎゅっと私の手を握った。伏せた顔からはなんの表情も読み取れない。清子さんも私のほうに来て、そっと時ちゃんに寄り添った。

貴族は大変だ。小さな綻《ほころ》びや、中傷から、不条理に地位を奪われ、追い落とされる。正しいことしか言わなくても、時流に乗り損ねれば、地位を失う。それが迷信でも、彼らは悪い噂から遠ざからなければならない。実際に、平安貴族は後にその『血は穢れ』の思想で、血で手を汚す武士たちを嫌い、中央から遠ざけすぎた影響で政治の均衡を崩してまでいる。ここは私の住んでいた世界より、ずっと神様や呪いの存在感が濃い世界なのだ。

握りしめた私の手の中で、少しちっちゃな手が震えていた。

「帰ります」

私は壬生と時ちゃんの手をつかんで歩き出した。

◯

夢の中で、ピアノを聴いていた。曲は『さくらさくら』。

何度も繰り返して弾いている。工夫して、和音を作ったり、琴の音に似せて弾いたり、三味線《しゃみせん》風にしたり、ジャズのテンポに変え、ロックにもしてみている。

何度も、何度も、ただささくらさくらを弾き続けている。

変な人だなあと思い、私は鉛筆を動かす。

もし、窓際に居座る私のデッサンをピアノの人が見ていたら、鉛筆の硬度を変えて、二十枚も同じ三角錐《さんかくすい》を描いている私のほうが変態だと思っただろう。次の週は円錐を二十枚描く予定だった。

私は自分以外にも変態がいることに安心して、鉛筆を走らせた。

歌会から一週間がたった。平安に来て十九日目。

一週間は長いが、鬼のような量の課題を出す教師の下で学ぶ学生の一週間は短い。鬼は三十枚の宿題をさらに二十枚追加して描かせた。私は寝る間も惜しんで大和絵の練習をした。主に鳥の絵を中心に。先生はそのことに対して、今のところ叱ったりはしてこない。巨勢相覧も反復練習を是としているようだった。性格は百八十度違うけど、私が最初に習った白髭《しろひげ》の先生と相覧先生の教え方はよく似ていた。

私は現代で見たあの掛け軸を時ちゃんに描かせようと必死なのだが、その必死さが引くらしく、近頃の時ちゃんはあまり絵を描かなくなってしまった。私のこともあるのだろうが、それに加えて最近の呪詛云々の話がはつらつとした彼女の気性に暗い影を落としていた。

私は時ちゃんのことを心配しつつも、今日も大量の課題に立ち向かうべく、筆を取った。

「ありゃ？」

自室で道具を並べてみて、筆が何本か減っていることに気が付いた。部屋の中を見回しても、どこかに筆が転がっている様子はない。

——不味《まず》いな。

つい先日、犬に嚙まれた壬生に包帯をするために、借り物かつ恐ろしい値段の服を破いてしまったばかりだ。この上で、筆までなくすのは非常に不味い。あの筆も現代換算で数百万するやつだ。

私は慌てていつも先生に習っている広間に行ってみた。しかし、ない。

ここにないとなると……先生のいる寺の東寺、又はその道中で落としたことになる。

日本は財布を落としても、なくならずに返ってくる唯一の国だと外国の方々に賞賛されるすてきな国ですが、平安世界では返ってきません。それどころか追い剝ぎも盗賊も普通に巷《ちまた》を歩いています。きっと、落とした筆を拾っても誰も交番に届けないだろう。平安では『道に落とした』と『亜空間に吸い込まれた』は同じ意味だ。どっちも返ってこない。

時ちゃんも清子さんもそのことを怒ったりしないだろうが、貧乏性の私には無理だ。数百万を『落としました』で笑って済ませることなどできるはずがない。銭金のことは洒落《しゃれ》にできないのが庶民である。謝るにしても人事を尽くしてから土下座をするべきだ。

そう思い立った私は、すぐに門を出た。時ちゃん家から東寺へ向かう道筋の地面を探索するべく、目を皿にして歩き出した。

時ちゃんの家から東寺までは三、四キロといったところだ。普段は平安京の中央を貫く朱雀大路《すざくおおじ》を通って、治安の良い大通りから東寺に入るのだが、筆をなくしたと思われる昨日は、東の市——商店街に行って寄り道をしていた。

食い物の匂いに誘われて鮎《あゆ》やら瓜《うり》やらを買い食いした。その金はどこから出た物かと問われれば、清子さんが身になる物を買いなさいと私にくれたお小遣いである。脂の乗った鮎は脂肪の足しにはなっただろうが、留学生の身分を名乗る者に脂肪の足しにしろと清子さんが小遣いをくれるはずもない。勉学の足しではなく、脂肪の足しに金を使った私には罰が当たったのだろう。

東の市は今日も賑わっていて、私は暗い気持ちになった。ここで筆を落としたのなら、間違いなくネコババされていることだろう。

人波に疲れて座り込むと、どうかしたのかと、杖《つえ》をついた老人に話しかけられた。

「えっと……」

私の前に立ったおじいさんは、長い白髭を蓄え、髪の毛は綺麗さっぱりなくなっている。目は細く、七福神の福禄寿《ふくろくじゅ》のようなたたずまいだった。おじいさんは食べなさいと言って、手に持っていた籠《かご》からスモモを一つ取って、私にくれた。

「急に声をかけてしまって失礼だったかね？　ずいぶん疲れた顔をしているので、心配になってしまってな」

知らない人に優しい声をかけられ、私はなんだか泣きたいような気持ちになった。ここ最近、怖い老人に叱られてばかりいたので、余計に人の優しさが身にしみた。

「筆を落としてしまったんです。とても高価な物なんです」

この人なら何か教えてくれるかもと思い、私は事情を話した。

「筆？　そういえば、そんな物を見たかもしれないな」

「本当ですか⁉」

私は顔を上げた。

「路地を入ったところに、変な物が落ちているなと思ったんだが」

「どこ、どこですか！」私は必死におじいさんを揺すった。老人虐待だ。

「ああ、そこの路地だよ」

おじいさんは十メートルくらい行った曲がり角を指さした。

「ちょっと見てきます」

私はスモモ片手に、目標の路地に向かった。

「ここ、道なの？」

覗き込んだ路地は背の高い建物に挟まれて、ひどく暗い。年中日が差さないのか、アオコの浮いた水たまりがいくつもできていた。なるほど。ここなら誰も入らないし拾わないだろう。そんなことを考えて私は路地に足を踏み入れた。

「ん？」

少し進んで、私は首を傾げた。誰も入らない路地裏になど私も入ってはいない。それならそこに筆が落ちているはずがない。

それに気が付いた瞬間、後ろから背中をどんと押された。たたらを踏んで数歩前に出ると、広い空間に出た。そこには何やら人相の悪い殿方が五、六人たむろしていた。どういうふうに悪いかというと、前歯がなかったり、片目に眼帯をしていたり、顔に刀傷があったり。その全部だったり。

映画で見る海賊か、山賊か、人さらい。答えは三番目かな？

両親には子供の時分、お菓子をくれると言っても付いていくなと訓示されていたのだが、まさかスモモにつられてさらわれる阿呆とは両親も思ってもみなかっただろう。

振り返って逃げる間もなく、入り口のそばにいた男に腕をつかまれた。

「なんだこの女は？　使えないじじいだな。こんなに瘦《や》せた娘なんぞ売れないぞ」

私を捕まえた片目の男はひどく失礼なことを言った。

悲鳴を上げなければいけない。子供の頃に防犯訓練で痴漢や変態に襲われた時はすぐに大声を上げろと言われ、悲鳴の練習をしたものだが、本当に襲われて怖いと思うと声も出ない。

「おい、そいつを離せ」

「？」

振り返ると、そこには息を切らした壬生が立っていた。

「誰だ？　お前には関係あるまい」

男は壬生を追い払おうと睨みつけた。

「そいつは俺の妻だ」

何を思ったか、壬生がさらりとそう言ったので、私に電撃が走った。

「兄さん、あきらめな」

男は私を逃すまいと、強く腕をひねり上げた。いでで。

「絵師の利き腕に触るな」

壬生の拳が男の鼻の下に突き刺さった。人中という、格闘技をやっている人は殴っちゃだめな場所として教えられる位置だ。

なんだてめえ。と言った小柄な男の喉に、言葉を返さずに壬生の拳が突き込まれた。近くにあった角材を拾おうとかがんだ男に問答無用で上からの肘《ひじ》が入った。一呼吸で三人昏倒《こんとう》させた。

「……壬生」

私のほうには目もくれず、壬生は空き地の奥を睨んだ。一人残った、顔に傷のある男が太刀を抜いて構えている。男の太刀は刃こぼれが激しい。ずいぶん汚らしい刀だ。

しかし、何を切ってそんなにたくさんの刃こぼれができたのかと思うと、背筋が寒くなった。

「兵くずれか」

男の構えを見て壬生がつぶやいた。

壬生が腰の太刀に手を伸ばすや、相手は踏み込んで斬りかかった。壬生が太刀を抜き合わせると、ぎいんと耳をふさぎたくなるほどの金属音と、派手な火花が散った。

平安時代には剣術の流派はない。物を言うのは個人の強さ、実戦の経験と人を切った体験のみだ。そして、傷の男はそれに関しては豊富にあるようだった。男は人を斬ることに高揚したように目を血走らせた。

男が体を倒すや、突風のような刃が壬生を襲った。袖が切り飛ばされ、壬生が下がる。男は腰を落とし、さらに剣速を上げて切り込んだ。壬生がそれを受けて跳ね上げると、男はよろけながらも上段に構えた。素早く立て直した男が踏み込むより速く、転ぶようにして壬生の体が沈み、太刀が放たれた。蜘蛛のように地面から水平になった壬生の体は十分に伸び、男の太刀の範囲の外から容赦なく膝を切り割った。

「紀伊、無事か」

荒い息をついて、壬生は私に声をかけた。

「う、うん。大丈夫。でも……」

私は混乱したまま答えた。

「？」

「なんで妻って言ったの？」

一時間後、時ちゃんの家の広間で、私は清子さんと時ちゃんに挟まれて、みっちりと説教を受けた。

「あのねえ紀伊、私は筆をなくしたことを怒っているんじゃないの。私に相談せずに危ないことをしたことを怒っているの、分かる？」

「はい」

十七歳にもなってなぜ年下から説教を受けなければならんのだと心から思ったが、それを顔に出すと鋭敏にして感受性豊かな彼女はさらに一時間説教を追加するだろうから、私は殊勝に反省した顔をした。

「とにかく、壬生様にも怪我を負わせてしまったことですし、まず詳しい経緯を話してください」

清子さんは時ちゃんをなだめながら、私に訊いた。私は頭《こうべ》を垂れながら、ことの経緯を話した。

「ちょっと待って」人さらいに捕まって、壬生が助けに来たところで、時ちゃんに話を止められた。「今の壬生様が人さらいと話したところ、もう一度言ってもらってい い？」

「うん？『壬生が私のことを妻って言った。それですごく恥ずかしかった』」

「なんで？」

時ちゃんは小さく首を傾げた。

「え？　妻とか呼ばれたら恥ずかしいじゃない」

「……」

時ちゃんと清子さんが顔を合わせた。

「あ、紀伊。壬生様のこと好きなのね」

………へ？

「な、何言ってんの時ちゃん！」

「壬生様は別におかしなこと言ってないわよ、妻って人さらいに捕まった紀伊を助けようと言った方便でしょう？　近しい人がすぐ近くにいたのなら、人さらいも諦めると思うもの。それを言ったのが壬生様以外の検非違使なら、紀伊もそう思ったんじゃないかしら。でも紀伊は人さらいのことより、壬生様に妻と呼ばれたことのほうが気になったのよね。分かりやすい方便にも気が付かないくらい」

あ、あれ？

「えっと、妻って言った相手をものすごく毛嫌いしてるのかも……」

「そうかもしれないし、その逆かもしれない。どっちかよね。どっちだと思う？」

「………」

「よく考えなよ」時ちゃんは楽しそうに笑った。

「お、怒らないの？」

「怒る？」

「だって時ちゃん壬生のこと好きじゃん」

「認めるの？　壬生様のこと」

「可能性の話です」

「壬生様のことは好きよ。でも、紀伊のことも好き。私の考えは変わらないわ、紀伊とは論議したり、つかみ合いをする友達になりたいの。遠慮なんてごめんだわ」

時ちゃんは嬉しそうに笑って、私の鼻をつまんだ。

「終わったのか？」

説教が終わってよろよろと広間を出ると、壬生が待っていたので、私はうおうと悲鳴を上げた。

「な、何よ」

私はうろたえつつ身構えた。

「これを渡すのを忘れていた」

壬生は懐から黒い軸の細筆を取り出した。間違いなく私が探していた筆だ。

「え、なんで？」

「検非違使庁に、売りさばかれていた盗品が持ち込まれてな。見覚えがあったから子細を話して持ってきた。時姫様に見せたのだが、なくした本人のお前がいない。雑色に聞くと、道具箱をあさった後にどこかに出ていったという。気になって追いかけてみたら案の定だ」

「ん？　ちょっと今のもう一度言って」

「気になって追いかけてみたら――」

「なんで？」

時ちゃんに壬生のことを言われて、少しむきになって訊いた。別に恋愛っぽい言葉

が聞きたかったのではない。正直な話、壬生にお前のことなど気にもかけていないと
言ってもらったほうが、ほっとして、冷静な気持ちになれると思った。
「何でとは？」
「私がどっか行ったのは、壬生と関係ないでしょう。壬生の仕事は、落とし物返した
ら終わりじゃない」
「それか、恩を売っておこうと思ったのだ。ほかの奴らがお前の魅力に気が付く前に
俺のものにしておこうと思ってな」
「はあ⁉」
私は素っ頓狂な声を上げた。
「いい絵師は早めに我が物としておかねば、歌人として大成はできぬ」
「あ、はい、そうですね」うん、絵師としてね。安心したよ。
「お前にになら俺の歌を任せても良いと思ってな」
「へ？」私の顔はまた真っ赤になった。こう赤くなったり青くなったりを繰り返すの
は脳の血管によろしくない。うちは結構血管をやってしまう家系なのでできれば穏便
に頼みたい。
「それって歌人としてはその……告白的なやつじゃゃ？」

「歌人としてはな」

壬生は少年のように笑った。それを見た私は、酸素不足の金魚みたいにただ口をぱくぱくとすることしかできなかった。

壬生は使えるか試してみろと、少し汚れた筆を私に渡した。

私は部屋に帰り、いつもの手本を取り出して用意を始めた。

「お前、いつも同じ絵を描いているな」

部屋を覗き込みながら、壬生がそう言った。

目の前の手本は梅にヒバリ。私が時ちゃんに描かせようとしている作品だ。

「うん、時ちゃんにこれを描かせようと思ってるの。あの子負けず嫌いだから、私がうまく描くと同じのをもっとうまく描こうとするから」どうも『強敵なので倒す』と言うのが藤田さん及び時ちゃんの友情の形らしい。強敵と書いてトモと読む少年漫画みたいな人たちである。

私は筆を取ってどういう手順で描こうかと、思案を巡らせた。ふと、顔を上げると壬生が私をじっと観察していた。さっき時ちゃんに言われたことが脳裏に蘇《よみがえ》って、ひどく居心地が悪かった。

「あんたも歌会近いんだから、ぶらぶらしてないで歌作りなさいよ」

私に文句を言われ、壬生は憮然として天井を見上げた。歌を作っているのか、しばらく静寂が続いた。落ち着いて絵を描き始めようとしたら、壬生が口を開いた。

「言の葉の　中をなくなく　訪ぬれば　昔の人に　逢ひみつるかな」

『古い書物をひもといて、もういなくなった人の面影を見つけた』という歌だ。歌が残ることで、もういなくなってしまった人の心が生き生きとして残っているという壬生の夢をそのままに詠んだような歌だ。紀貫之も、壬生忠岑も、文字となった歌の中で生きていて、同時に壬生の作り出す歌の中にもそのＤＮＡは残り続ける。そのことを壬生は信じて疑わない。そういう形の不死を彼は信じている。いっそ無邪気でさえあるその歌に、思わず笑みが浮かんでしまう。脳裏に若い巨勢相覧と一緒に屏風歌を作る歌人たちの顔が見えた気がした。

「あ」

ぼーっと歌を聞いていたら、また床まではみ出して絵を描いてしまった。

「邪魔しないでよ」

私は壬生に文句を言った。菅原道真の件以来、どうも歌に反応してしまっていけない。その絵はすごくうまく描けていたのだが、私は結局その絵を時ちゃんには見せなかった。その絵からは、私の心がむき出しで躍っているのが見えてしまっていたから。

私は壬生が帰っても、しばらく呆然《ぼうぜん》として部屋に座っていた。

「藤田さん――」日が落ちて暗くなった空間に私は話しかけた。「私――壬生を助けていいかな?」

○

翌日、廊下を歩いていたら、向かいから壬生が歩いてきた。昨日から壬生の顔を見ると恥ずかしくてしょうがない。どこかに逃げ道を探したが、真っすぐな廊下があるばかりなので、観念して壬生に声をかけた。

「おはよう」

「なんだお前か」

壬生は今気が付いたように私の顔を見た。

「挨拶だね。何しに来たの？」

「昨日の人さらいたちを検非違使庁で調べた。清子様にそれを報告した」

「へえ、どうだった？」

「清子様はこれも呪詛の影響ではないかと悩んでおられた」

「良くない傾向だね」

「お前もそう思うか？」

「うん、先週も裏庭の屋根にスズメバチの巣ができててさ、家の人総出で煙でいぶして、駆除してたんだよ。でも平安の人って、それも不吉とか穢れとか言うんだよね。刺されたら物理で死ぬのに。その前のマムシが出た時も、青大将を見つけた時もそう。みんなが呪詛呪詛言うの。嫌だなあって思ってたら、昨日は、夕方に時ちゃんがかわいがってた、猫が庭で死んでた。時ちゃんは大丈夫だって言うけど、飼い猫が死んで平気なわけないよ。時ちゃん、最近元気ないんだ。ちょっとした風邪みたいなものだって言ってるけど……」

私はしょんぼりとうつむいた。呪詛は信じないが、嫌なことが続くとそういうことを考えそうになる。

「紀伊様」

立ち話をしていると、なじみの家政婦のおばさんが小走りでやってきて、私に封筒のような物を手渡した。

「何です？　これ」

「文です、殿方から」

おばさんはにこやかに言った。

「ほう、誰からだ？」

壬生は急に冬眠明けの熊《くま》のような目をして、おばさんを睨んだ。

「ひい」

おばさんは検非違使の圧のある目線を食らって青ざめた。

やめろ、家政婦を敵に回すと恐いぞ。

「誰からです？」

私は獣の目をした男を制して、おばさんに訊いた。

「平兼盛様です」

「兼盛⁉」

私は悲鳴を上げた。

「紀伊、あいつを知っているのか？」

「え、や、知らない」

平兼盛！　歌合わせで壬生に勝つ対戦相手じゃないか。

「壬生は知ってるの？」

「定方様の家で何度もお見かけした。親父や貫之様も認めた歌才の持ち主よ」

「ふうん、どんな人？」

「涼やかな男だ。育ちが良く、生真面目だ。そのせいか、話していると、だんだん自分の曲がっている性根が露《あら》わになってくるような気がしてくる」自覚してたのか。

立派な人と話していると、立派でない自分が明確になってしまうという気分はよく分かる。私もその手の人は苦手かもしれない。

藤田さんの解説から抜粋すると、平兼盛さんは光孝《こうこう》天皇の玄孫、三十六歌仙に入る歌上手なだけではなく、『大和物語』という歌物語にもその人物は描かれている。その点から考えて、物語の登場人物としても愛されるような好人物だったと思われる。家柄も、才能も、さらには性格の良ささえも併せ持った人物だ。

「その人が何の用ですか？」

手紙らしき物を広げてみたが、中は流麗な達筆。つまり、私には何一つ読めない。

「歌会で紀伊様の絵を見て一度お会いしたいと」

「ああ、絵か。やはりな、ほかにない」

壬生はころりと機嫌をよくして失礼なことを言った。

「何だと思ったのよ」

私は壬生を睨みつけたが、壬生は涼しい顔で無視した。ここら辺が兼盛さんと相対して曲がっていると実感させられる部分ではないのだろうか？

「私に何の用なの？」

「面白い絵を描く紀伊様に興味を持ったので、一つ絵をお頼みしたいと」

「私に？」

「絵を好む知り合いの方に、目新しい絵を贈りたいのだそうです」

「それはまあ……」千年新しいけど。「でも、先生の許可なくそんなのできませんよ。書生の身分なんですから、作品を作れるような画材も場所も私にはないし」

仏罰と言う名の僧侶の拳骨《げんこつ》が落ちてしまう。師弟制度は厳しいのだ。

「相覧様には、もう断ってあるそうですし、画材と場所は兼盛様が用意してあるそうです」

「はや！」

「こういう男だ」

壬生はさらに渋い顔をした。兼盛さんは気遣い超人でもあるらしい。

「会いに行くのか？」

「……先生が許可しちゃったら、行かないわけにはいかないよ」

私は口を尖らせた。そうでなくとも、私は壬生の対戦相手の顔を見ないわけにはいかない。


私は平兼盛を待っていた。壬生を歌会で負かす人、間接的に壬生の死に関わる人を、私は待っている。場所は二条《にじょう》にあるお寺、これも、うら若い女性を自宅に呼んで余計な噂が立たぬようにとの兼盛さんの気遣いだそうな。

壬生の死に関わった人なのだから、私からしたらもっと敵意を持って相対したいところなのだが、どうにも気遣いが行き届いていて、恨むには適さない相手のようだった。

「お待たせした」

やってきたのは細面の柔和な顔をした男だった。勉強も運動もできそうな、真面目な学級委員といったところだ。一見して性格の良さが顔からにじみ出ている。

「遅いぞ、呼び出して待たせるとは何事だ」

と、言ったのは、性格が曲がっている人代表、壬生忠見。この人勝手に付いてきた。

「あんた呼ばれてないから」

私は突っ込んだが、壬生は無視した。喉仏に突きを食らわしてやろうかと思ったが、アイアンクローでこめかみを割られるのでやめておいた。

「おお、失礼、壬生殿も来ているとは知らなんだ。遅れてすまない、抜け出せぬ仕事が立て込んでおったのだ、許していただきたい」

にこにこと謝る爽《さわ》やかな貴族に、壬生は毒を抜かれたように押し黙った。

「――今日来ていただいたのはほかでもない、友人に絵を贈りたいのだ。驚かせたくてな」

「それだったら先生に頼んだほうが良いかと思うんですけど」鬼のようにお高いだろうけど。

「それが、友人は相覧様の絵を好かんと言うのだ。生意気にも目利きを気取っておってな」

「その目利きに私の絵を贈るんですか？」恐ろしいことを！

「巨勢の絵は皆稚拙だと奴に言われてな、わしは相覧様とも親しい仲だ。できれば目を覚ましてやりたい。できぬか？」

「無理っす」即答した。

兼盛さんは笑い出した。笑っても爽やかな男だ。彼の体から、涼やかな風が吹き出ている。

「相覧様から聞いたとおりの方だな、相分かった。結果は問わぬ。わしの一存ですることだ。どうか一つわしに絵を描いてくれまいか」

にこにこと貴族に頭を下げられた。これはどうも断れる雰囲気ではない。

「――分かりました」

不承不承、私は頷いた。

数分後、私は寺の人たちに用意された日本画セットの前に座っていた。ここの道具も、私が使うには不釣り合いなほど高価な品々だ。

「制作にはどれくらいかかりますか？」

兼盛さんは柔和に訊いてきた。

「えっと……まだ目算もつきません」

「そうですか。では、一旦《いったん》席を外します。許可は取ってありますので、時間は何日かかってもかまいません、紀伊殿の気の済むようにお描きください」

兼盛さんはそう言って微笑むと、席を立った。

「君は行かないの？」

私は不動の姿勢で円座に座っている壬生に向かって言った。

「逃げないか見張っている」

「失礼ね、いつ私が逃げたのよ」

「俺が知る限りでは絵を描くたび毎回だが？」

む、そんな気もする。

私は人生の重要事項からも、高確率で逃亡を図って生きてきた人間だ。基本的に肝が小さく、自分の成功を信用していない。自分を信用するくらいなら、夜店のくじ引きでゲーム機が当たることを信じたほうがまだましだと思っている。

「それより、描ける目算はあるのか？」

「ないです」

いろいろ考えてはみたのだが、結局何も思いつかず、ノープランでここにいる。

「だろうと思った」

壬生は呆れたようにため息をついた。

「だから来たとでも言うの？　歌会の時みたいにできるとでも？」

壬生は腕を組み、少し考え込んで答えた。

「できるだろうな」すげえ自信だ。

「あんた……」

私は絶句して半眼を壬生に向けた。ビックマウスにもほどがある。

「歌とはそういうものなのだからな」

「いやいや、無理でしょう」あんたはどれだけ歌の力を信じているのだ。

私は手を振って否定した。そんなに気軽に呼び出せたら、菅原先生は忙しくていけない。あの神様はただでさえ、学業成就で忙しいのだから。

「ふん、雅でないお前にも分かるように説明してやる。いいか、歌というものは姿を持たぬ、音も匂いもない。それ故、見たこともない景色を見せることなどできぬ」

そりゃあそうだ。私は頷いた。

「しかし、人は歌を聞くとき、心に景色を見、歌の中の人々の声を聞き、風を感じる。それはつまり、歌がその全てを持っていないからだ。何も持たぬからこそ、人は、自らの心にある最も美しい景色を素直に歌に写してみることができる」

「じゃあ、菅原先生の紅葉の景色を私は見たことがあるっていうの？」

「だろうな、間抜けにも忘れていたようだが」

「失礼な人だな」

「疑うなら試してみれば良いだろう」

壬生は不敵に笑った。

「え、ちょ……」

私が動くより先に、検非違使の手が動いて、私をとらえていた。

心臓が跳ねた。誇張表現ではなく、胸骨のあたりにがんがんぶつかって暴れるのを感じた。

「みみみ密室で何を」

「騒ぐな、おかしなことはせぬ」

密室で女子高生の目と口を塞ぐことがおかしなことではないなら、世の中のいかがわしいことの基準はかなり下がってしまうだろう。世の良識を守るべく、私はあわあわ暴れた。

「黙って深呼吸しろ」

言うとおりに壬生の手から体臭を深く吸い込んでしまうと、私は少し常識の階段を踏み外してしまうと思うのですが、どうでしょう？

「……」

待っていても拘束が解かれる様子はない。酸欠死はごめんであり、さっきから頭をかすめている壬生の体臭が好きか嫌いか、という変態チックな疑問に自分が答えを出してしまう前に呼吸をしたほうが利口だと私は考えた。

私は少し常識人の道から外れながら、深く息を吸い込んだ。


「世の中に　絶えて　桜のなかりせば　春の心は　のどけからまし」


「あ」

私は目の奥にあるもう一つのまぶたを閉じるように、暗闇に引き込まれた。

冷たい風が吹いている。

日差しは暖かい。

空気と日差しの間に温度差がある。そんな季節の変わり目の陽気だ。

ふと、顔を上げると、目の前に枝だけの桜の木が広がっていた。

さっきの歌は、在原業平《ありわらのなりひら》の歌だ。『伊勢《いせ》物語《ものがたり》』に出てくる色男。六歌仙、三十六歌仙に入っている、ぬきんでた歌才の持ち主だ。

『この世に桜の花がなければ、春の日は、のどかな心で過ごせるだろうに』そんな意味の歌だった。

目の前の木々は桜だろう、花は咲いていない。咲いていない桜の木々が見える限りに続いている。見上げれば枝々のつぼみは膨らみ、赤みを帯びて今にも花開こうとしている。今日咲くのか、明日咲くのか、心待ちに花を見上げる。日差しの暖かさを感じながら、期待とも不安ともつかない気分で桜を見つめる。咲いてほしいのか、咲いてほしくないのか、それさえもはっきりさせることができずに桜を見上げる。美しく、同時に恐ろしい。坂口安吾《さかぐちあんご》の『桜の森の満開の下』にあるような不安な桜だった。

男が一人、苦笑いに似た表情で桜を見上げている。誰にともなく、ついと男が指さした先の桜が一輪花開いていた。

私もなんだか、苦笑いで男に目線を返した。

写真も動画もない時代、人の記憶は、今よりずっと季節や風景に深くつながっている。

繰り返される季節の移り変わりは、地層を掘り返すように、古い記憶を持ってくる。

鮮烈な景色は、それが鮮やかなほどに、昔の記憶を鮮明にして蘇らせる。

楽しい記憶も、残酷な記憶も、平等に蘇らせる。出会いの記憶とともに、離別の思い出を運んでくる。瑞々《みずみず》しい恋と悲痛な別れを一緒に運んでくる。遥《はる》か昔に別れた人々を、鮮明に蘇らせる。

『久方の　光のどけき　春の日に　しづ心なく　花の散るらむ』

業平の歌に寄り添うように歌が続いた。百人一首の紀友則《きのとものり》の歌。これも、桜の花に心を乱されるという歌だ。

花びらが一枚、地面に落ちた。それを追って目線をつま先に移し、もう一度顔を上げると景色が変わっていた。桜の景色は満開に咲き乱れていた。

桜の下にいた男は、苦笑いを深くして、風に流される花びらを体に受けていた。

いつか別れてしまうことを知りながら、いとおしい人との出会いを待つように、散ることが分かっていながら、花が咲くのを待ち望んでしまう。期待なのか、不安なのか、喜びなのか、苦痛なのか、判然としない気持ちで花を見上げてしまう。恨みながら、深く愛しながら、見ないという選択肢を選ぶことができずに、桜の森に足を運んでしまう。

「憎たらしい――」

まるで知り合いに皮肉でも言うように、男は桜に語りかけ、短冊に筆を落とした。

「どうだ?」と壬生が訊いたが、私は答えない。口に筆をくわえ、自分の筆の動く行き先を見つめるのに必死だ。脳の容量を桜でいっぱいにされた私は、口を利くこともできず、筆を動かし続けた。

はっと気が付いたのは日が落ちた後だった。寺の小坊主が部屋に明かりを入れに来た音に気が付いて、やっと筆を止めた。

例によって桜の景色は畳の上にまで広がっていた。

立ち上がって、完成した絵を見つめて唖然とした。

「あ、国立駅前」

そこには、毎年見ている故郷の桜並木が広がっていた。

「お見事」

声をかけられて、私は初めて同じ部屋に私と壬生以外の人間がいることに気が付いた。

「うわあ!」

私は悲鳴を上げた。

藤原師輔さんの家で見た気味の悪い僧侶が規格外に長い手足を組んで、そこにずっといたみたいに部屋の隅に座っていた。

「の、呪い坊主！」

私はうっかり失言した。

「おお、そうとも」

坊主は悪びれもせずに笑った。笑ったからとて、この坊主はかわいくはない。

「え、どうして？」

「名乗っていなかったな。道明《どうみよう》と言う。阿闍梨《あじやり》だ。この寺の寺主として挨拶にまいった」

「寺主って……ここ、この人のお寺？　うわ、兼盛のやろう騙《だま》したか！」

「いや待て」

壬生が正気を失って、激高する私を止めた。

「兼盛は腹芸のできる男ではない。おおかたこの阿闍梨にいいように言いくるめられたのだろう」

「え、そうなの？」

「そうじゃ、兼盛様が紀伊殿と連絡を付けたいと言っておったので、わしの寺に連れてくるようにと勧めておいた」彼はあっさり肯定した。

「はめられたのには、変わりないじゃない。きっと襖の向こうには武士がたくさん——」

「人聞きの悪いことを言う、こちらにも得手不得手というものがある。呪詛する者が太刀にて相手を突き殺したりせぬわい」

道明は少し眉を寄せて言った。しっかり観察していても、微妙にしか表情が変わらない、感情の起伏があまり見えない人だ。

「どうかな。先日東の市で紀伊をさらおうとしたじじいがいたが、そいつも顔を隠した男に銭をもらって、この娘を人さらいの女衒《ぜげん》どものところに誘い入れたそうだ」

壬生は訝しげに道明を見つめた。

「何のことか分からぬな。わしはただ、かの羅城門から湧き出た鬼女とやらと話してみたかっただけじゃ」

「湧き出たはひどくないですか？」違うとは言わないけど。

「盗賊どもは確かに時姫様一人しかさらっておらぬ。ほかに言いようがあるか？」

「ほう……聞き逃せぬ話だな」

壬生は横目で私を睨んだ。

私は私で、そっちに気を遣っている余裕はない。

「私、鬼じゃあないし」

「ここにおらぬはずの御霊を鬼と呼ぶ。お前はここの者か？　違うだろう」

道明は針のように目を細めて私を見つめた。

「わしの話は簡単だ。手を引いてくれぬか？」

「……私がいると呪詛に邪魔ですか？」

「邪魔だな、孤立したのこを殺すなぞ、蛙《かえる》を踏みつけるようなものと思っていたが、羅城門でも、歌会でも、おぬしはよう邪魔をしてくれた。しかし、本番はこれからだ。どうか邪魔せんでもらいたい」

重要な話を言っているはずなのに、ほとんど言葉に抑揚がない。人の生き死にを、こんなに無感情に言う人がいていいんだろうか？

「そう言われて、ではそうしますと言うと思うんですか？」

「応と言うてくれるように、今話し合うているところだ」

やっぱり言葉に感情がない。この人、本当に蛙を踏んづけるみたいに人を殺す人なのかもしれない。

「そんなに呪詛に熱心では、地獄に落ちるんじゃあないですか？」

「天竺《てんじく》にはそんなものはない」

「え、そうなの？」

私は壬生の顔を見たが、壬生も分からないらしく、首を振った。

「唐に渡り学んだ。釈迦の教えには地獄も極楽もない。人は輪廻《りんね》転生、ただこの世の中を生まれて死んで、また生まれるを繰り返す。それ故、地獄にあたるはこの世よ。生きるは苦、死ぬは苦、病むは苦、恨むは苦、執着は苦、愛して失うは苦。地獄に最も近いのは、ほかでもないこの世であろう。故に、それらを断って終わらせるが救いよ」

「『執着は苦』でしょう。あなたも人の人生を断つことに必死になってるじゃないですか」語るに落ちる。

「そうだ。わしは死に執着しておる。それがわしの今生だ。終わらせて、終わらせて、今生を終えると決めている」

道明阿闍梨は少し口を歪ませて喜々として笑った。

あら嫌だ。この人突き抜けちゃってるわ。かっこよく言うと、魔道に堕《お》ちているとでも言うのかしら？

「ただでとは言わぬ。お前には鬼の帰り道を教えてやる」

「え？　帰り道って……帰れるってこと？」

「そうだ」

「私は……」

――帰りたい。家族や藤田さんの顔が浮かんで、口の端から、言葉が漏れそうになった。

「どうだ？　お前には必要なものだろう？」

道明阿闍梨は片眉を少し上げて私を見つめた。

「私の……国では呪詛なんかありません。だから、呪いなんて言われても何のことだかさっぱり分からなかった」

「それでいい。見えぬなら、そのままにしてくれれば元の場所に返してやる」

「――でも、ここには呪詛がちゃんとあるんですね。祈りがあって、呪詛がある。そして、呪詛は確実に人を殺している」

私は唇を噛んだ。

医療技術の乏しい千年前では、呪詛は成立する。虫歯になれば、引っこ抜くしかない、薬局で風邪薬も売ってない、風邪が肺炎になったら高確率で死ぬ。それがこの時代だ。そんな場合に最も頼りになるのは自分の免疫機能だ。人はあらゆる病に自分の生命力で立ち向かわなければならない。しかし、それを無効にできる技術があるとしたら？　あるいは誰にも知られずに病にできる技術があったら？　それは、罪に問われない殺人だ。

「人を不安にさせる、心に傷を負わせる、呪詛があると信じさせる。これは全部人を病気にさせる技術なんですね」

私たちの言葉で言うと、『ストレス』というのが一番近いだろう。この言葉自身は軽いが、こいつは私たちの時代でも万病の元といわれている厄介なやつだ。現代だってこれを解決できずにたくさんの人が病気になっている。医療技術が少ないこの時代で、免疫を落とすこいつは、私が思う以上の破壊力を持っているのではないだろうか？　出産時の死亡率が高い時代に、妊婦には物の怪が寄ってくるなんて言葉がまことしやかに言われている。これだって呪詛だ。体力が落ちている妊婦に不安を与えるこの言葉だけで、たくさんの人が心を乱され、命を落としているはずだ。世の中の多くが穢れや物の怪を恐れ、方違えで災難を避けようとする時代。呪詛と聞いただけで人々がストレスを感じる時代。呪術者にとって、こんなに仕事のしやすい時代はないだろう。彼らは目標に対して小さな不安の種を植え付けておいて、それを、目標が風邪、食中毒、胃潰瘍《いかいよう》、ちょとした病気になった時に発芽させる。風邪が肺炎になる。

食中毒状態が数時間長続きする。胃に穴が空く。それだけで、この時代の人は死ぬ。

「ならば、どうする？」

　道明は膝を寄せて、私にささやいた
「そんなこと……できません」

　はっきりと答えたつもりだったが、自分が思ったほど大きな声は出なかった。

「なぜだ？　この世の物が死のうが生きようが、おぬしには関係あるまいに」

「時ちゃんは友達です」

「どうかな？　呪詛が恐くておぬしにすがっているだけではないのか？　そもそもおぬしは藤原の姫と肩を並べられるような立派な人間かね？」

「それは……」違うと思う。

「おぬしが扱いやすい場所にいたから縁を結んだだけにすぎぬ。向こうは向こうの都合を優先させているだけだ。ならば、おぬしが自分の都合を優先させるのに何の問題がある？　よしんば友人だというならば、おぬしの都合を優先させることこそが、相手の望むことではないのか？」

「……それを望む子だから、ほっとけないんじゃない」

　時ちゃんが私を本当に友達だと思っているかなんて分からない。でも、私は羅城門で私に駆け寄って手を握ってくれた彼女の小さな手を知っている。あの子がどんな子か知っている。

「時ちゃんを放って帰るなんて、できません」

「……良いのか？　お前はここでは所詮《しょせん》鬼だ。居場所などない。長くいるほどに、お前自身が見たくもない結果を見ることとなるのだぞ」

「私のことと、時ちゃんの命を秤《はかり》に乗せるなんてできません」

「後悔することになるぞ」

道明は穴のように暗い目で私を見つめた。

「おお、もうできあがったのか」

重い空気を物ともせずに、襖を開けてやってきたのは平兼盛だった。

場の空気が重いのに少し怪訝《けげん》な顔をしたが、そこは気遣い超人、すぐに持ち直して笑顔を作った。

「ふむ、見事だ。良いできです。道明様もそうは思いませぬか？」

できあがった私の絵を掲げてみて、兼盛さんはにっこりとほほえんだ。

「用事は済みました。わしは祈禱の予定がありますゆえ」

道明阿闍梨は関心がなさそう立ち上がると、足早に出ていってしまった。

「道明様の意見も聞きたかったのだが……」

兼盛さんは残念そうに道明の背中を見つめた。

「まあいいさ、どうだ、一つこれを屏風歌に仕上げてみてはどうだ？　歌を添えてみろ」

壬生はにやりと笑って、兼盛さんに声をかけた。

あ、意地悪。暗に天才在原業平の歌と競わせようとするとは卑怯な。

「良いのですか？」

兼盛さんは私に訊いた。

「友人に贈るのだろう。兼盛殿の筆が添えられていたほうが良いに決まっている」

壬生は勝手に決めてしまった。

「ふむ……」

兼盛さんはしばらく難しそうに考え込んでいた。

苦悩しているようだが、同時に何か楽しそうだ。難問にぶつかることが楽しくてしようがない数学者といった感じだろうか？　いや、新しい知育玩具を与えられた子供のように、兼盛さんは目を輝かせていた。

「できぬか？」

「もう少し」

壬生にせかされて、兼盛さんは唇を尖らせた。

「――うむ、できた」

ポンと膝を叩いたと思ったら、兼盛さんはおもむろに筆を走らせた。

面影に　色のみのこる　桜花　幾代の春を　恋ひむとすらむ

『ここにはいない人の面影が残る桜に、私は一体何度、届かない恋心を送るのだろう』

兼盛さんは、あっという間に絵の心情を読み切ってしまった。尋常な感性ではない。

兼盛さん、業平相手でも、なかなか負けてはいないらしいよ。

壬生は悔しそうに顔をしかめた。

帰る頃にはすっかり日は落ちていた。帰り道、月はなく外は真っ暗闇だった。

「申し訳ない、寺主殿は祈禱の最中故、見送りに出られぬようだ」

そう言って兼盛さんは律儀に門まで私たちを送ってくれた。

「本当に明かりを用意しなくてよいのか？」

手ぶらで真っ暗な外に出た私たちを、兼盛さんは不安そうに見つめた。

「止めておく。検非違使の仕事柄夜目は利く。それよりも、暗闇から射かけられるほうが怖い身だからな」

壬生は兼盛さんに軽く頭を下げると、背を向けて歩き出した。

「ねえ、さっきのどういう意味？」

私は小走りで壬生に追いついて訊いた。

「言葉どおりの意味だ。あの阿闍梨のことだ、刺客の一人や二人雇っているかもしれぬ」

「へ？　だってあの人、刀とかは使わないって――」

「たわけが」

たわけがと言う日本人に初めて会ったよ。

「あの坊主が言っておっただろう。お前は二度あいつの邪魔をした。一つは歌会の黒犬、そしてもう一つは、盗賊で姫をさらった時だ」

「ん……？　あ、そうか」

「盗賊を使ったのも、あの坊主ということだろう。先日お前をさらおうとしたのもあいつの差し金だろう。ああ言っておっても、お前が身一つで行っていたらどうなったかは分からぬ」

「心配してくれたの？」

「当たり前だ、たわけ」

当たり前だったか？

「……何だ？」

「別に」

なぜかにやにやしている自分に気が付いて、私は自分の頬をぺしぺしと叩いた。

季節はとっくに冬で、虫の声一つしない。キーンという耳鳴りの音だけを聞きながら、私は空を見上げた。街灯のない世界の星空はひどく明るい。公害はなくなったなどと言っても、東京の空はまだ汚れているのだと実感した。千年前、無公害の平安の空では眼が眩《くら》むほどの星が瞬いていた。

「うわ、プラネタリウムみたい！」

「何を言っておるのだ？」

壬生は時々私の存在を確認しつつ前を進んだ。

「意味なんていいじゃない。今は喋《しゃべ》ってないと自分の存在が確認できないの」

街灯のない平安の夜は真っ暗で、自分の手も見えない。鼻をつままれても分からない闇というやつだ。真っ暗闇では話していないと自分の存在が消失しそうな気分になる。

　自分の手が見えない、自分の足が見えない。地面が見えない。真っすぐ歩いているつもりだけど、目をつぶって片足立ちしているみたいに、真っすぐが分からなくなって、地面が揺れる。水平がどこか分からなくなって、沼の中を歩いているみたいに地面が沈むような気分になってしまう。足がちゃんと重力に従って地面に付いていない気がして、そのうちに地面を歩いているんじゃあなくて、真っ暗闇を泳いでいるような気分になってきた。この世界には戸籍も家族もいない私は、このまま闇に溶けて消えてしまうような気がした。

　——おぬしには関係あるまいに。

　道明阿闍梨の声が聞こえた気がした。心中の暗い部分が道明に従っておけば良かったのではと私に告げる。それで、少なくとも家に帰れたのではと。

「おい、立ち止まるな」

　壬生に声をかけられて、私ははっと顔を上げた。

　壬生の声が遠くなっていた。この検非違使は恐ろしく夜目が利くらしく、星明かりで私が見えているようだ。

「だって、まっくら——ぶっ」

「どうした？」

「顔に木の枝が当たった」

「大丈夫か？」

「鼻血出た」

私はティッシュを取り出すと鼻に詰めた。しかし、ここは深い闇の中、ティッシュを詰めた私の間抜けな姿を見れるものはいない。平安の闇万歳。

「これだから夜道を歩きなれない奴は……」

壬生は大きな手で私の手を握ると歩き出した。

「え、ちょ」

私は狼狽《ろうばい》した。耳の奥がキンとして、顔に流れ込んでくる血の音が聞こえてきた。スポンジのように顔が体の血を吸い上げていた。鼻血がひどくなる。

「なんだ、背負えとでもいうのか？　うるさい荷物だな」

「荷物扱い！　乙女として扱ってよ」

「乙女はこんなに騒がしくない」

壬生は私の手を握ったままサクサク歩いた。私の顔は真っ赤になったが、触れている相手さえ見えない暗闇なので、誰にも見とがめられることはない。存分に真っ赤になればいい。私は湯気を出しながら、夜の空気で顔を冷やしながら歩いた。

「……あのさ、ごめん」

「何だ？」

「羅城門のこと。道明が言ったとおり、私、盗賊にさらわれたわけじゃないの」

「らしいな、それで？」

壬生は、抑揚のない声で言った。

「それでって……」

「言いたいことがあるのか？」

「う……説明するのはちょっと……」千年後から来たと言っても、ご理解いただけないかなあと思う次第でして……

「留学生ではない。だが、坊主の言ったとおり盗賊の仲間でもない。なら、それでいいではないか」

「よくはないんじゃないの？」

「お前は御厨紀伊という娘だろう？　それが分かっていれば俺には十分だ。藤原だとか、検非違使だからとか、そんなことにこだわる間柄でもあるまい」

「――――」

喉から何かせり上がってくるような気持ちになって、なんだか泣きそうになってしまった。私が私なだけでいいなんて、ボッチには卑怯な殺し文句だ。

「ん、お前泣いてるのか？」

「……鼻血」

私はずびっと洟をすすった。

「趣のない女だ」

洟をすすりながら歩く私に合わせて、私達はゆっくり暗闇の道を進んだ。

「ねえ」

「何だ？」

「もし、私が内裏の歌合わせに出ないでほしいって言ったら、どうする？」

「無理だな」

「……そっか」

「誰に言われようとそれはできぬよ」

「何で？」

「俺が歌人だからだ」

「ああ——」

やっぱり私は阿呆だ。そんなことも分かっていなかったのか、壬生から歌を取って、夢を奪って、それで、幸せに生きてくれ、なんて言えるはずもないじゃあないか。

壬生忠見は歌で死んだ人。

そして、歌をなくしては生きられない人だ。

しばらく沈黙が続き、耳鳴りが戻ってきた。平安の深い闇の中で、私の思考はもう一度暗闇に沈みそうになったけど、道明の言うとおりにすれば良いと暗い心が言ったけれど、握った壬生の手が温かいので、私はその意見にうまく同意できないでいた。

◯

帰り着いた時ちゃん家は、夜なのに明るくなっていた。松明が灯《とも》り、人々があわただしく牛車の用意をしていた。

「……？」

「何かあったの？」

門に行きついたあたりで、衝撃波を含んだ怒鳴り声に止められた。

「止まれ！」

巨勢相覧が仁王のごとく門前に立ちはだかっていた。

「先生！」

「入るな、お前もこの家から離れるんだ」

は？　何言ってんの？　ここは君ん家だったか？

「何かあったんですか？」

「時姫様がはやり病で倒れた。これから祈禱をする」

「祈禱って、誰がです？」

「他の者は出払っておる。わしがやる」

「ちょ、お医者さんはどう言ってるんです！」

「とうに呼んだ。だが、祈禱をしろと言われた」

「それって――」匙《さじ》を投げられたってこと？

「そんな……ちょっとした風邪みたいなものだって――」

『ちょっと風邪をこじらせたってメールが来て、そのまんま。あっけないもんだよ』

いつかの藤田さんの言葉がよぎって、背筋が寒くなった。

時ちゃんが風邪をこじらせたのを見計らって、道明は呪詛を発芽させた。そして、その芽を摘めるはずの私はまんまと外に誘い出されて、病が悪くなるまで時間を稼がれてしまった。私は膝をつきそうになって壬生に抱えられた。

「いいから、この屋敷から離れろ。家の者もすぐに出ていく、貴族でなければ、野に捨てられているほどの病だ」

「私は大丈夫です！　入れてください、時ちゃんと話させて！」

「馬鹿者！　さっさと立ち去れ！」

これまでになく大きく怒鳴りつけられて、私は尻餅《しりもち》をついて、地面に座り込んだ。

「紀伊……」

壬生が落ち着いた声で私の肩をつかんで起こした。

「分かってる。先生だって、自分の弟子のこと、助けたいに決まってるのに」

私は涙を拭《ふ》いて、せわしなく出ていこうとする牛車に目を向けた。

「──手伝ってくる」

私は立ち上がって、家政婦さんたちのほうに歩いていった。

牛車はあわただしく出ていき、私は一人門に寄りかかって呆然と空を見上げていた。

壬生はいなかった。牛車と一緒に行ったのかもしれないし、歩いて家まで帰ったのかもしれない。私は一人光のない闇に取り残されていた。

先生の祈禱の声が聞こえる。見る物は何もなく、唯一目視ができるという理由だけで、延々と続く読経の声に耳を傾けながら、私は月を見上げていた。

「清子様と一緒に行かなかったのか？」

声に反応して空から前方に目を戻すと、壬生が立っていた。ふっと肩の力が抜けるのを感じた。

「暗くて分からないけど……ずいぶん汚れてない？」

壬生からは土のにおいと、少しの鉄のにおいがした。

「混乱しているのを好機と見てな、ここの使用人たちを少し手荒に調べてきた」

「血、出てんじゃない！」

私はハンカチを出して壬生の切れた口に当てた。

「この人だって、警備員さんとか荒事担当の人いるんだから、考えてやりなよ」

「まあな、だが、ちゃんと吐かせてきた。複数の下人が銭をもらって、呪詛の噂を時姫様に流したのだそうだ。何度も蛇を放ったり、猫を殺したのもそいつらだ」

壬生は苦々しく顔を歪めた。握った拳が怒りで震えていた。

呪術師は外堀を埋め、ゆっくりと時ちゃんが病気になるのを待った。いや、免疫力を下げ、病にかかる確率を上げて待っていた。呪詛を恐れ、すっかり体調が悪くなった時ちゃんに、現実の病に蝕《むしば》まれ、呪詛が自分をとらえようとしていると感じている十四の子に、道明阿闍梨が呪詛を始めたと雑色が伝える。それはどれだけ、彼女の心を傷つけただろう。

「ひどい……」

刃物で突き刺すのではないから証拠なんて残らない。でも、その方法で人を殺したことがあって、それを人に向けることはやはり殺人だ。

「汚《きたね》えぞ！」

私は叫んだが、その声はただ暗闇に吸い込まれて消えた。

私たちは門の前で、門のかけられた扉《かんぬき》を見つめていた。門の前で突っ立っていたら、盗賊やら追いはぎやらが心配になって開けてくれはしないかと思ったのだが、一向に門が開く気配はない。平安の人は盗賊よりも病気のほうを恐れている。きっと病は盗賊なんかよりずっと、多くの人を殺しているのだろう。

私は呆然と空を眺める姿勢に戻って星を見続けた。街灯のない街では月ばかりが明るい。そして、ほかは何も見えない。あるはずの大きなお屋敷も、平安京で暮らしているはずのたくさんの人たちも、きらびやかな貴族たちも、全て闇が包み隠してしまう。平安の人は、夜にはほかに何も見えないから、月の歌ばかり歌うのだなあと思った。花鳥風月が吹き荒れる平安の雅な世界も暗闇には敵わない。みんな暗闇に飲まれて、消えてしまう。

ふと読経がやんだ。何事かと耳を澄ますと、かつんと音がして閂が外された。扉が開き、顔見知りの坊主がすごい勢いで走り出ていった。何かあったに違いない。

「先生？」

私は門の向こうに立っている相覧先生を見つけ、問いかけた。

「入れ」

言われるまでもなく、私は屋敷に踏み込んで時ちゃんの部屋に走った。

「時ちゃん！」

自室にいた彼女は、ぐったりとしていた。

「手を握ってやれ、家族は間に合わんだろう」

私は嚙みつくように先生を睨んだ。

「先生、何言ってんですか！」

「わしの力では及ばんかった。すまんな、わしのような絵師にも法師にもなれぬものでなければ救えたのかもしれぬが……」

「そんな……」

私は時姫の手を握った。まるで熱湯にでも浸《つ》かっていたかのように赤く、熱い。

「紀伊……」

時ちゃんは薄く目を開けて、私を見た。

「熱い、周りが燃えているよう……」

幻覚が見えているのか？

「町が焼けている、牛車が燃えている、鬼たちが人々を追っている。こちらにも向かってきている」

「え？」

私は時ちゃんの上に何かが乗っているのに気が付いた。

小さな人だった。小さな人間が手に手に松明を持って、時ちゃんをあぶっていた。

そして、あぶっている人自身も自らの持つ松明で焼け焦げている。焼け焦げながら、笑っている。

「なにこれ……」

「どけ！」

先生が私を押しのけて時ちゃんの耳にささやいた。

「道を間違えてはいかん、光ある方に向かうのだ。なんでも良い、経を唱え――」

「駄目です！」

「何だと？」

「時ちゃん、死んじゃだめだ。どこにも行っちゃだめだよ」

鬼がいる。鬼は暗闇にいて、今、時ちゃんを捕まえようとしている。家族もいない孤独な場所で力なく怯える人を捕まえて、闇の中に引き込もうとしている。そんなこと許すものか。

「先生、何とかしてよ！」

私はヒステリックに叫んだ。

「無茶を言うな、わしは父の腕を恐れ、敵わぬと見て僧侶となった。しかし、出家しても結局筆を手放すことはできなかった。そんな中途半端な者に何ができる」

「うるさい、祈禱師はあんたしかいないんだよ！　何とかしなさいよ！」

先生は怒鳴り、私は負けずに叫んだ。

「くそ！」

がん。と重い音を立てて、壬生が床板を叩いた。

「何もできんというのか！」

私と先生は、黙って壬生を見つめた。

「守ってやるなどと偉そうに言っておきながら、俺はただ、見ていることしかできぬのか！」

さっきまで罵り合っていたのが嘘のように場が静まりかえり、ただ、時ちゃんのか細い呼吸の音だけが聞こえていた。

「――違う」

私はつぶやいた。

平安の夜は暗い。心が壊れてしまうほど暗い。その闇が、時ちゃんを包み込もうとしていた。星明かりもなく、月さえもない平安時代の夜、暗闇に包まれてしまった人間はどうなるのだろう？　動くこともできない、助けを求めることもできない。そんな暗闇の中で、視覚情報を得られなくなった人間の脳は、空いた思考スペースに過去の音データをはめ込み、幻聴を流す。初めは耳鳴りから、それは、川の流れのような平坦《へいたん》な音になり、だんだん、お経のようなつぶやきに変わり、最後は無軌道に脳の中に聴覚信号を垂れ流しにする。それは、暗闇に怯える人には魑魅魍魎《ちみもうりょう》の声に聞こえるだろう、そして、さらにその状況が続くと、人は幻覚を見始める。脳の空きスペースが広がり、それが視覚情報にも及んだ結果だ。その時見えるものは、自分の心の中にある最も恐ろしいもの——きっと鬼だろう。そうして、暗闇の催眠状態は、人の心の弱い部分をさらけ出し、ありもしない呪詛を完成させる。

そんな時、人は何をするのだろう？

ある人は南無阿弥陀仏《なむあみだぶつ》と経を唱え、仏の助けを待つだろう。

ある人は、助けてくれと神に祈るだろう。

でも、自分で歩き出すつもりの人は、歌い出すのではないだろうか？　転ばないように足下を探りながら、偽物の声を追い出すために、本当の声を上げるだろう。

そうやって、歌人たちはずっと戦ってきた。人が恐れる暗闇と、人の心を折ってしまうような言葉と、人を暗闇に落として、恐れさせる残酷な言葉たちと、ネガティブな気持ちを人に埋め込んで、罪に問われぬ殺人をする輩と、人を病ませて嬉々《きき》として暗闇で笑う輩と。ならば、いてくれ、鬼。護摩の幻覚なんて言わなくていい、ここにいて、歌に祓《はら》われてくれ。

「何もできないなんて嘘だ！」

私は怒鳴った。

「あんた歌人じゃない！　歌人が呪詛に白旗をあげるなんて許さない。私はそんなの認めないから」

「紀伊？」

壬生が驚いたように顔を上げ、私を見ていた。

私は息を吸った。

「ああ、弟よ、君を泣く、
君死にたまふことなかれ。
末に生まれし君なれば親の情けなさけは勝りしも、
親は刃をにぎらせて人を殺せと教へしや、
人を殺して死ねよとて二十四までを育てしや。
境の街のあきびとの老舗《しにせ》を誇るあるじにて、
親の名を継ぐ君なれば、
君死にたまふことなかれ。
旅順の城はほろぶとも、ほろびずとても何事ぞ、
君は知らじな、あきびとの家の習ひに無きことを。

君死にたまふことなかれ。
すめらみことは、戦ひにおほみづからはいでませね
互に人の血を流し、獣の道を死ねよとは、死ぬるを人の誉れとは、
おほみこころの深ければ、もとよりいかでおぼされん。
ああ、弟よ、戦ひに君死にたまふことなかれ」

この歌にあるのはたった一つの想《おも》いだ。世の中への当然の突っ込みだ。

『君は、そんなことで死んじゃあだめだろう』

私は、時ちゃんの手を強く握った。

「紀伊……悲鳴が近づいてくる。火が迫ってくる」

時ちゃんは力なく言った。

「紀伊、無駄だ」

先生が無念そうに首を振った。

すっと、私の横で、息を吸う音が聞こえた。

「我が背子を　大和にやると　さ夜更けて　暁つゆに　我が立ち濡れし

君死にたもうことなかれ」

黙っていた壬生が声を上げた。それは、大伯皇女《おおくのひめみこ》という女性の歌だった。『愛する弟が大和に行くのを見送った。夜が更け、朝露に濡れるまで、その場所で、見えなくなった弟の背を見送っていた』という意味らしい。

見送られた弟、大津皇子《おおつのみこ》は大和に行ってすぐに反逆罪でとらえられ、死罪となっている。政変の渦中にある弟を案ずる姉の歌だ。

「時ちゃん、しっかり」

「紀伊……」

「旅人の　宿りせむ野に　霜降らば　我《あ》が子羽《は》ぐくめ　天《あめ》の鶴群《たづむら》

君死にたもうことなかれ」

壬生は継ぎ間なく歌を続けた。『旅人が野宿をする野に霜が降るならば、空を飛ぶ鶴《つる》たちよ、私の子をその羽で包んでくれ』という意味の歌。

遣唐使に行く息子を見送る母が、息子の辛い旅を案じて歌った歌だ。運任せの航海になる遣唐使の生還率は非常に低かった。

「君が行く　道の長手を　繰り畳ね　焼き滅ぼさむ　天の火もがも
　君死にたもうことなかれ」

『あなたの行こうとする長い道のりを、私はこの手で手繰り寄せ、天の雷《いかずち》を持って焼き払ってしまいたい』罪に問われ、流罪になった恋人に向けて歌われた歌。雷雲を呼び、嵐《あらし》を呼び、運命さえも変えようとする力強い歌だ。

壬生は続けた。百も二百も、和歌を操り、漢詩を操り、まったく違う言葉で歌い続けた。

ただ、死んじゃあ駄目だと言い続けた。

鬼がいるのか、そして、歌でそれを鎮められるのか、やっぱり私には分からない。

ただ、目の前の歌人は、それをちらりとでも疑ってはいない。

呪いを祈りで跳ね返すのは困難なことだと思う。なぜなら、壊す力は生み出す力より常に強く、殺すことは、生かすことよりも常に安易にできている。だからこれは、非常に分の悪い勝負なのだろう。

唯一こちらに優位があるとするなら、それは一点だけだ。それはつまり、私の目の前にいる男がただの検非違使ではなく、三十六歌仙の壬生忠見だということだけだった。相覧先生も腰を上げ、祈禱を再開した。

「妾《わらわ》が髪の初めて額を覆いしとき
花を折りて門前に劇むる
郎《きみ》は竹馬に——」

李白《りはく》の漢詩だ。

幼い頃からずっと一緒にいた夫が遠くに旅立ってしまい、その身を案じる妻の歌だ。

壬生の歌はとどまることなく続いていた。


朝になり、読経が止んだ。

「——」

時ちゃんが何かをつぶやいた。

「……何？」

「紀伊──」

私は時ちゃんの口に耳を寄せた。

「壬生様と仲良くしすぎじゃない？　妬《や》けるわ」

そう言って時ちゃんは静かな寝息を立て始めた。

「先生──」

「馬鹿が……」

僧都は渋い顔で私を見下ろした。

「力技で鬼を押しのけおった」

「のきましたか」

それは良かった。

──そう思った後の記憶はない。時ちゃんの風邪をもらった私は、そのまま倒れたらしい。

○

目を開けると天井はやっぱり寝殿造りで、現代に帰っている様子はなかった。

「視界がワープみたいに歪んだから、帰れたかと思った」

私は天井に向かって、つぶやいた。

「起きた？」

視界に急に時ちゃんの顔が入ってきて、私は仰天した。

驚いて起き上がろうとしたが、体はくにゃっとして、起き上がれる様子はない。

「無理しないで、十日も寝込んでいたんだから」

「マジですか？」

よく羅城門に捨てられなかったな。

「時ちゃんは、もう平気なの？」

「平気よ、相撲節会《すまいのせちえ》に出られるくらい」その時は、一人で出てね。「紀伊こそ、呪詛が平気なんて嘘ついて、みんな心配したんだから」

「……ごめん」

私は自分の愚かさをわびた。医者がいない状態では私も平安人とあんまり変わりがないことに、気が付いていなかった。

「馬鹿だな私」

「うん、紀伊は馬鹿ね」同意するところだったか？「紀伊はさ」

「うん」

「壬生さ……兄さんのこと好きよね」

「時ちゃん、高熱で脳をやってしまったの？」

「貴人に対して失礼ね」

鼻をつままれた。

「何するのよ」

私は鼻声で答えた。

「――兄さんに振られたわ」

時ちゃんは何気ない会話のようにそれを言った。

「別に私は、家を捨てても良いし、どこで暮らしたってかまわない。そう思ったけど、兄さんは私を妻にはできないって――心に決めた人がいるから」

「……そう」

時ちゃんは私の鼻をつまんだまま話を続けた。このまま喋るとなんだか茶化しているような空気が出るのでうまく喋れない。時ちゃんはそれを理解したうえで、私に発言権を与えないようにしているらしい。

私は、言う言葉が見つからなくて、そのまま鼻をつまされていた。

○

さらに十日が過ぎた。

私は何とか体調を立て直し、書生として、相覧先生の弟子の仕事に戻った。

時ちゃんの家では、歌会わせの話題でもちきりになっていた。

どのような話題でもちきりかというと、判者（審判員）になる源高明《たかあきら》さんが絶世の美男だと言うから一目見てみたいとか、いい男であり歌人としても一流な平兼盛さんの方が素敵だとか。いや、歌にも武勇にも優れた壬生様のほうがかっこいいとか、その二人と親交があるらしい渡来人の女がうざいとか。

誰だ、うざいと言った奴！

まあ、この手の話題は静観を決め込んで沈静化を待つに限る。ネット同様、女性の話題はいじると炎上するので、放置するのが正解だ。私は心で般若心経《はんにゃしんぎょう》を唱えながら、涼しい顔をした。

「紀伊様」

なじみの家政婦さんに声をかけられ、私はにこやかにほほえみ振り返った。

「なんでしょう？」

「平兼盛様よりお手紙です」

微笑みは消えた。他の家政婦さんからの視線が痛い。

「……なんの御用向きでしょう」

「絵のお礼がしたいそうです」

『お礼ですって』

『どんなお礼かしら』

『またお会いしたいってことかしら？』

『二人きりでお会いするのよね』

「え、あ、そうですね。お礼？　あ、お金ですね。嬉しいなー。お金大好きなんですよ。丸いし、重いし、ぴかぴかしてるし」

私は、私と兼盛さんの名誉のために精一杯の演技をした。結果、翌日には私が守銭奴であるという噂が流れていた。

銭が好きな人間ではないが、嫌いでもない。くれるというなら拒む理由はないので、私は後日、のこのこと約束のお寺に出かけていった。ほかでもない快男児兼盛さんのことだ。問題などないだろう。

私は小坊主に案内されて、相手の待つ部屋に入っていった。

「待っておったぞ」

「ギャア！」

しかし、案内された部屋には道明阿闍梨がいた。そういえばそうね、人を疑わない兼盛さんは、利用されやすい。しかし、彼よりもはるかに間抜けなのは、前回のことに学んでいない私自身だろう。テンジクネズミでも、もう少し賢くできている。

「殺される！」

私は悲鳴を上げた。

「失礼な娘だな。殺す時もあるが、今日は殺さぬよ」

嫌われ慣れているのか、呪い坊主はいつもの無表情で言った。

「発言が、超物騒なんですけど。信じろっていうの？」

「信じてもらう必要はない」

そりゃあそうだ。あなたと信用を築く必要はこれっぽっちもない。

「それに、今日は、時姫様の呪詛をあきらめることを告げに来たのだ」

「……信じろっていうの？」

「その必要はない」

そりゃあそうだ。

「報償目当てでやったことだが、やはり割が合わぬ。世の理に逆らってまで人を呪詛しても所詮は人の身、時の流れの復元力に邪魔されるだけだ」

「復元力？」

「おぬしだよ鬼女殿」

「わたし？」

「時姫様は死ぬ運命にはなく、おぬしにはかの姫を守ろうとする強い縁があるようだ。そんな者と事を構えるのはごめんだ」

「えん？　私と時ちゃんが？」

「そうだ、善意と悪意、好意と後悔、両方絡まっている縁はなかなかほどけぬものだ。へたをすると、この世だけの縁ではないかもしれぬ。そのような縁を持つ者は時に、命さえ顧みずに向かってくる、そんな厄介事はごめんだ」

「そうしてくれるとありがたいです」

「やれやれ、おかげですっかり師輔からの信用を失った。しばらくは、隠れて暮らすことになりそうだ」

道明阿闍梨はあまり残念でもなさそうに、少しだけ首を傾げてみせた。この坊主、感情だけは悟りの境地に行っているようだ。そのまま境界を越えて帰ってこなければ良いのに。

「なんだか不真面目ですね」

「忙しいのだよ、殺さねばならない輩はたくさんいる」

うん、やっぱりこいつ悪い坊主だ。

「だが、これでおぬしは戻れなくなったわけだ。後悔すると言うたものを」

「しませんよ、後悔なんて」

「だといいのう」

道明は喉の奥でかかかと笑った。お坊さんのくせに笑い方がいやらしい。

「あの、あなたは私が元の場所に帰る方法を知っているんですか？」

「ああ、知っている」

「えっとどんな方法？」

私は返事を期待せずに訊いた。

「用がなくなれば消える。鬼とはそういうものだろう？」

「え、自動で帰れるってことですか？」

「用なしなのだから、否応《いやおう》なしに戻されるだろう。お前は元々時姫様を守るためにやってきた鬼だ。いる理由がない」

「…………」

「不満そうだな、この世に残りたいというか？　無理だな、役目を終えたおぬしはどう足掻《あが》いても、長く居座ることはできぬよ」

長くいることはできない。その言葉は、私に深く突き刺さった。

「……やることをやったら帰りますよ」

「運命を変えるか？　あの検非違使を救うか？　やめておけ、決まった流れを変えることはできぬ。いびつに歪むだけだ。わしのようにな」

「やってみないと分からないじゃないですか」

私は立ち上がった。どうせ、この人と話すことなんて何もない。

「だといいのう」

道明はまた楽しそうに笑い出した。

「歌合わせが楽しみだ」

背中を向けた私に向けて、笑い混じりに道明が言った。

○

夢を見ていた。

中学に上がってすぐの頃、以前通っていた絵画教室の先生から電話があった、以前語った酒好きの先生だ。肝臓を悪くした先生はとうに教室をたたんで、入院していた。

『久しぶりだねえ』

先生は懐かしそうに教室での思い出話をした。入院して暇なのだろうと私は思いながら、先生の話に耳を傾けていた。

『君は覚えているかな、教室の裏でピアノ弾いてた子』

「ええ、いつも音だけは聴いてました」

『あの子、ほかの生徒の子のお兄さんでね、私も時々顔を合わせていたんだけど』

「へえ」

私はふと、一度も見たことのないピアノの人のことに興味が向いた。

「どんな人なんですか？」

『才能のある子でね、人の心に寄り添うのがうまいっていうか……心を見透かすように演奏する子だね。神がかっているというのかな、あのピアノを聴きながらだと、酒がうまいよ』

「先生……」

私はため息をついた。肝臓をやっている人の台詞《せりふ》かね。

『だからさ、ああいう子は、時々、神様に連れていかれちゃうんだよ』

「？」

『少し前に生徒だった、彼の妹さんに会ってね。留学先で亡くなったって聞いたんだよ』

「……」

結構ショックだった。顔も見たこともない人なのに。

『だからさ、君も気をつけなきゃあいけないよ』

「え、はあ。そうかな」

私はそう言われて、照れくさくなって頭を掻いた。もうその頃の私は神様に連れていかれるような天才ではないことに気が付いていた。

『くれぐれも気をつけてね』

そう言って先生は、それから一月《ひとつき》もしないうちに神様に召されてしまった。

「神様に連れていかれる……か」

目覚めた私は、天井を見上げて、つぶやいた。時ちゃんみたいに神様に守られる人もいれば、連れていかれる人もいる。神様とはずいぶん自分勝手な人らしい。

そして壬生は――

「私にも手伝わせてください」

相覧先生のアトリエで、私は深く頭を下げた。

「――歌合わせを飾る作業に加わりたいというのか？」

「壬生を応援したいんです」

私は顔を赤くして先生に訴えた。

腕を組む先生の前には、たくさんのデッサンが広がっていた。平安の絵師の仕事は幅が広い。その仕事は絵画だけに限らず、彫刻や飾り物、あるいは建造物のデザインから、できあがった仏像の彩色まで行う。当代一の芸術家のもとには当然のように、天徳内裏歌合わせで使われる諸々の調度品の製作が舞い込んでいた。

「絵師は足りている。やりたければ、顔料を磨れ」

顔料磨りは、絵の具の材料になる鉱石などを、粒子の見えない粉になるまで磨る仕事。いってしまえば、ただの肉体労働。

「嫌か？」

「やります」

私は勢いをつけて先生のアトリエに踏み込んでいった。

「珍しいな。どういう風の吹き回しだ？」

がりがりと顔料を砕く私を見て、先生は言った。

先生に言われて五時間、私はずっと同じ顔料を磨っている。顔料は細かく砕くほどに細かい光を反射し、色を鮮やかにすることを私は知っている。二十一世紀の住人である私は、江戸時代の職人が手作業で顔料をナノレベルまで砕き、美しい発色を作ったことも知っている。色彩が綺麗に出せれば、自動的に絵だって美しくなる。歌合わせに飾る絵が美しくなることが、今の私の目的だ。

「――壬生に、歌会に行くのやめてほしかったんです。意地張ってるけど、負けたらひどく傷つくに決まってる」

「だろうな」

先生は自分の作業の手を止めずに答えた。

「でも、壬生から歌を取ったら何も残らない。だから、応援することに決めました」

笑ったつもりだったけど、顔を歪めただけになったと思う。

「そうか」

先生は筆を置くと、つまらなそうに首をひねってゴキゴキと関節を鳴らした。

「今日はここまでだ、明日は日の出前に来い」

先生は、無造作に歩み寄ってきて、ドサリと私の前に紙束を置いた。

「何これ。宿題ですか？」

「歌合わせの制作に参加したいなら、下書きを作ってこい」

「え、と、いいんですか？」

私は先生を見上げた。憮然とした表情からは何も読み取れない。

「悪ければ捨てる。目に留まれば、歌合わせでも何でも使ってやろう」

それだけ言って、先生は背を向けた。

ふむ、これはつんでれというやつか。と、一晩かけて十枚の下書きを提出したら、案の定、全部捨てられた。やはり、巨勢相覧は甘くない。

半月やって、私のデザインが採用されたのは文箱《ふばこ》と懸守《かけまもり》の二点のみだった。ちなみに、懸守とはお札を入れておく筒状の細工物。布製のものもあるが、これは木製、印籠《いんろう》のような木彫の彩色彫刻。誰の物になるかは知らんが、歌合わせに願をかける奴の物に違いはあるまい。私はそいつより先に懸守の中に入るお札に願をかけるべく、中の見えない部分に『壬生を勝たせろ！』と書いておいた。

「日が暮れるぞ、今日も泊まる気か？」

先生に声をかけられ、私ははっと顔を上げた。

「あ、もうですか！」

急いで立ち上がってみたが、日はすっかり暮れて外は暗い。明かり係の小坊主が、寺の中を駆け回っていた。

「……今日も泊まります」

「迷惑だ、帰れ」

「先生、あのね。今の京都には盗賊とか、人さらいとかが横行しているんですよ？」

私が嚙んで含めるように言うと、案の定拳骨が降り注いだ。

「送り狼《おおかみ》を呼んでおいた。それで帰れ」

先生に引っ張られて、沓脱《くつぬ》ぎまで行くと、そこには壬生がしょっぱい顔をして立っていた。

「気軽に呼ぶな」

不機嫌そうに頭を搔いている。

「検非違使に検非違使の仕事をさせているだけだ」

先生は悪びれずに言う。もちろん検非違使の仕事に送り迎えなどない。

「駄賃はくれてやる」

そう言うと、先生は壬生に何か投げてよこした。

「懸守？」

壬生は受け取った細工物を見て首をひねった。

「じじいから懸守だと？　気持ちが悪い」

「紀伊からだ」

先生は面倒くさそうにそう言うと、壬生に背中を向けた。

「ちょ、それ私が、歌会用に作った作品……」

「こいつがその歌会に出る者だ。何だ？　弟子が師匠の采配に文句を言うのか？」

「な……」がんばって御守り袋とかこさえた健気《けなげ》な子みたいじゃねえか。だましたな、巨勢相覧！　私の顔は、いわれのない羞恥に赤くなった。

「つまりその、それは、歌合わせに出るお貴族様用だと思って作ったんであって、壬生のために作ったんじゃないから」何だろう、この意図せぬツンデレ感。

「だが、蓋の裏に『壬生を勝たせろ！』と書いてある」

先生が言った。巨勢相覧の目はごまかせない。私の顔は血管を痛めるほど赤く染まった。

壬生は少し顔を赤くして私を引っ張った。私も真っ赤になった顔を隠すべく、明かりのない暗闇へと逃げた。

残念なことに、私の目論見《もくろみ》は失敗に終わった。月は満月に近く、夜道は私でも歩けるくらい明るかった。

私は手を引かれて歩きながら、壬生を見つめた。

「月出てるよ、明るいからちゃんと歩けるよ」

壬生がやけに自然に私の手を取ったまま歩いていくので、私は突っ込んだ。

「いかんか？」

壬生は振り向かずに言った。

んー。結構人通りもあるしなあ、君のファンに石を投げられてしまうよ。

「いけなくはないけど……」

私は自分の頭部を守るため、防災頭巾の制作を心に留めた。

「——歌会、もうすぐだね」

「ああ、今年は正月を祝う暇もなかった」

「そうだね、受験の時より大変だったよ」

「？　うっかり年を取るのを忘れそうになる、もう二十一だ。お前はいくつになった？」

「へ？　あ、数え年か、正月でみんな一歳増えるのね……ってちょっと待て！」

数え年は一歳から始まるから……え、壬生、二個上？　そんなに違わないじゃないか。

「ってことは、私は数えで十九？」

「年増だな」

「なにい！　女子高生になんてことを！」

「間違ったことは言っていないぞ」

「ええー。女子高生って、ありがたがられる歳《とし》じゃあなかったのか……」

なんてことだ。気付けば、蝶《ちょう》よ花よと愛される時代を過ぎていたのか！　私は戦慄《せんりつ》に震えた。

「っていつだよ！　十二、三を蝶よ花よと愛する気か！　変態どもめ!!」

錯乱した私は往来で、平安時代の全ての殿方を敵に回した。

「落ち着け馬鹿」

壬生に叱られて、私はうなだれた。

「年増だったか……」

ショックだ。

「私、平安ではお嫁に行けないのか……」

「行く気はあるのか？」

「え、あ、いやその、さっきまで子供のつもりだったのに、いきなり中年まで年齢が飛んだから……」

壬生は少しぎこちなく、頭を掻いた。握った手がなんだか熱い。

「あのだな……」

壬生は何度も言葉を探すように息を吸った。何か言いにくいことを言おうとしているのは分かるが、それがなんなのか、私には予想もつかない。

「？　うん」

「ひとつ、確認しておきたいことがあってな、何しろ渡来人の文化は分からん」

「あ、うん」

私は首を傾げた。

「お前、俺を夫にするつもりはあるか？」

「へ？」

私は目を見開いた。まるで時間が止まったみたいに体が凍りついた。

「え……と、まずデートとか、ご飯に行くとか……」

「餅《もち》は夫婦になってから食うのではないのか？」結婚の儀式ね。なぜか平安人は三日一緒に寝た後に餅を食うそうな……

「でも、私、年増なんだよね」

「お前、自分が若ければ何とかなると思うのか？」

「超失礼」

「お前を好きになる奴が、年齢など気にするはずがない」

急に褒められて、私は吐き出す言葉を失った。

「今すぐという話ではない。俺でなくても良い、この国に残って、誰かを夫にするつもりはあるのか、それを知りたい。ただ――考えてもらうだけで良い」

息ができなかった。ただ、頭が真っ白だった。

うれしい。

嬉しいけど――。

『無理だな、役目を終えたおぬしはどう足掻いても、長く居座ることなどできぬよ』

道明阿闍梨の言葉が耳の奥に響き、私は答える言葉を飲み込んだ。

私は、今この時も、消えようとしているのかもしれない。夜寝て、目覚めたら、もう、現代に戻っているのかもしれない。そうなることを、私はずっと待ち望んでいたはずなのに……。

私たちは、ずっと無言のまま、時ちゃんの屋敷に着いてしまった。

〇

結局、答えが出せないうちに、歌合わせの日が来てしまった。

内裏は派手だった。

周囲の壁には春の花々が飾られ、色とりどりの調度品が来る者を威圧した。

藤田さんと美術館で見たような侘《わ》び寂《さ》びが感じられる芸術とは、だいぶ違う。それもそのはず、目の前の屏風も調度品もできたての現役であり、寂れるまではまだ数百年必要だ。唐の文化の影響下にある平安京は破廉恥なほどの極彩色に彩られている。

「全ての色を持っているのは御上くらいのものだ」

相覧先生が何気なくつぶやいた。

平安京は内裏に向かうにしたがって、極彩色になっていく。平安時代はカラーカーストのようなものが存在する。庶民が使ってはいけない色というものが存在するのだ。正式な服装は、かの有名な冠位十二階にしたがって、帽子と服の色が決まっていた。だからこそ、内裏は日本で最も色が自由に飾られる場所だった。私の周囲は下々の町にはない色であふれ、極彩色に彩られていた。

「すげ……」

私はぽかんと口を開けて清涼殿《せいりょうでん》を見つめた。

「私、内裏に入っていいんでしょうか？」

私は膝をがくがくにして先生に聞いた。

「作品の設置も仕事だ」

先生はさも当然と内裏の大地を進んだ。

開場の午後四時までに歌会会場の設営をしておくのが私たちの仕事らしい。

紅白歌合戦のご先祖様のようなこの歌会は、左右に分かれてそれぞれのチームカラーを決め、左は赤、右は青に、衣装を調える決まりとなっていた。従って調度品も衣装に合わせた彩色となる。そんなわけで、色使いにも制限のついたこの歌会は、結構な絵師泣かせの構造となっていた。貴族たちの着てくるであろう服に合わせて調度品を作れというのだから、神経が削れる。右方も左方もああでもないこうでもないと、試行錯誤を繰り返しながら設営をしている。

ちなみに我々巨勢派は左方。壬生忠見のチームの応援である。

「左方は古くさいのう」

見れば、人がせわしなく働いている横で、こちらの設営を見ていちゃもんをつけてくる小僧がいた。身長は私より低く、国民の平均身長が今よりだいぶ低い平安時代でも、小柄な男だ。瞳《ひとみ》が小さく目つきはヤンキーのように鋭い。

「ほう、飛鳥部《あすかべ》殿、久しいな」

先生が立って挨拶した。

「は、巨勢派の絵は相変わらず退屈だな。近年はさらに鈍ったようだ」

ごっ。

男が先生の絵を見つめてそんなことを言ったので、私は彼の安全と健康を守るべく、先生の雷が落ちるより速く、向こうずねを蹴った。

「何をする！」

少年は激高した。雷公こと相覧先生の一撃から救ってやった恩人に対して失礼な。

「礼儀を知らぬ弟子でな」

先生は拳骨を振り下ろすふりだけして、私を無罪放免とした。

「弟子？　時姫とかいう、藤原の女か？」

「いや、御厨という。渡来人だ」

「ほう」

少年は大きな目を見開いて、興味深そうに私を見つめた。

「こいつか……」

「何か？」

先生に問われて少年は目をそらした。

「何、巨勢の弟子にしては、いい面構えだと思っただけだ」

飛鳥部は私に笑いかけると、自分の仕事場に戻っていった。

「誰です？　あの生意気な小僧は」

「絵所の少志、飛鳥部常則《つねのり》だ」

「常則で……絵師……」

ここでもう一度『源氏物語』の『絵合』を引用してみたい。

『これは式紙地《しきしじ》の紙に書かれ、葵《あおい》表紙と黄玉の軸が付けられてあった。絵は常則、字は道風であったから、派手な気分に満ちている』。

この文は『絵合』で相覧先生の『竹取物語』の対戦相手として出てきた飛鳥部常則の描いた『宇津保物語』の寸評である。しかも、源氏物語の作中では、常則の作品のほうが相覧のものよりきらびやかで優れている、とある。

「うわあ、あれ、蹴っちゃだめな奴じゃあないですか。先生、止めてよ！」

私は頭を抱えた。

「京に常則を知らぬ絵師がいたとは思わなんだ」

先生は人ごとのように言った。ひでえ。

それから私は常則の報復を恐れながら、頭を低くして会場の設営を手伝った。時々常則に敵意に満ちた視線を投げかけられて、体を震わせた。

気が付くと日は傾き出し、歌合わせの開始を待ちかねたように雅楽寮の楽士たちが楽器の練習を始めていた。気の早い貴族や女官が物見高そうに、完成に近づいた会場を見に来ている。

「始まるな」

管弦の音がだんだんとそろって、合奏を始めていた。

平民は天皇陛下の前に出れません。

平民の酔っ払いが内裏に駆け込んで暴れ回るなんて事件はままあったそうですが、決まりの上では易々《やすやす》と会っていい人ではありません。

よって、私と先生は会が始まっても、会場には行けず、裏の間の控え室から歌会わせを覗いていた。場所は内裏の天皇陛下の住居、清涼殿と後涼殿《こうりょうでん》の間にある中庭で行われた。我々設営部隊は天皇陛下から一番遠い、後涼殿の格子越しの応援となる。

壬生は歌人としての参加だが、読み手は歌人とはまた別にいるので、歌人たちは中庭の端で楽士に交じって、中庭の席で勝負の行く末を見守っていた。我々に次いで天皇陛下から遠い観戦である。時ちゃんはどういうコネを使ったのか、左の女房座といわれる、女官の観覧席で、壬生を応援していた。

天徳内裏歌合わせの歌は四十首読まれた。右と左で二十首ずつ。霞《かすみ》、うぐいす、柳、桜、山吹、藤、春の終わり、夏の初め、ほととぎす、卯《う》の花《はな》、夏草、恋、の十二、主題を互いに詠み、その優劣を競わせた。ちなみに、うぐいす、ほととぎすが四首、桜が六首、恋は何と十首詠まれている。女歌合わせとも呼ばれるこの宴はかなり恋愛要素濃いめである。

歌合わせは、在原行平《ゆきひら》――在原業平の兄で、百人一首の十六番目の人、『中納言行平』が始めたものだという。初めは、貴族同士の内輪の遊びで、ただ歌を用意して、どちらが優れているのか論議しようという、遊戯的、というか、ちょっとオタク的な集まりだった。ストーンズとビートルズ、どちらが偉大か、的な論議をする場であったかと思われる。しかし、オタク文化が中央まで広がり芸術に昇華するというのは、古来、何度も繰り返されてきたことで、歌会わせもそうだった。

私的には、歌合わせとは、ただ順番に歌を詠んで、それを審判が『右の勝ち』『左の勝ち』と決めて終わりなのかと思っていたのだが、そうではない。歌合わせは全員参加型の遊びだ。

審判である判者は、『判詞《はんし》』という歌の優劣の判定理由を記録に残される。要は言質《げんち》を取られる。これは後世まで残るので、へたなことを言うと末代まで馬鹿にされる。『判詞』は後に独立して『歌論』――歌の批判書、になる。判定は判定で、ある意味個人の作品と言えるものになる。気を抜いて、うかつなことは言えない。

そして、右にも左にも、『念人』という歌を応援する役目の人がつく、これは味方の歌のどこが優れているか、敵方の歌の何が悪いのか指摘する人である。これがいるので、歌が読み終わると、皆さんは一斉に歌のディベートを始め、大弁論大会になる。参加者にとってはこれこそが一番の楽しみだろう。歌を書いた人だけではなく、判者や、知識を披露したいオタクども――げふん、念人たちにとっても、歌会は勝負の場になっている。白熱した文学論が飛び交い、相手を論破しようと殴り合いのごとき議論が飛び交う場。それが歌合わせだった。

天徳内裏歌会は、そうした競技歌会の完成形であるそうだ。

天皇主催で、判者は左大臣と大納言。参加者は高位の貴族の方々。歌が人の人生を左右するのは大げさだという方もおられるかもしれないが、国の中枢の人たちが口角を飛ばして白熱する競技である。例えば、それがサッカーだったらどうだろう？

勝ったらヒーローだし、負けたら刺される――は、ないだろうが、国の中枢の方に社会的に刺されることはあるだろう。少なくとも、貴族の人たちから『贔屓《ひいき》にしている選手』という立場になれたら、出世の道が開けるのは間違いない。

私のいる控え室では、歌合わせの会場を設営した二十人くらいの人が興味深そうに、詠まれる歌に聞き入っていた。ただ黙って歌に聞き入っている人もいれば、ほかの観戦者と同じように、勝負の判定について論議を交わしている人もいた。白熱すると何やら摑み合いになる人もいた。皆さん絵師や、工芸師なのだが、歌に興味を持つ人も多いようだ。

「――つまらんな」

周囲が和歌の話題で盛り上がっている場で水を差すようなことを言う人がいた。

空気を読めない人だなあ。

声の方向を見ると、飛鳥部常則だった。

「そうは思わんか？」

何を思ったのか、彼は私に話を振った。身長が近いから、話しやすいのだろうか？

「そうは思いません。知り合いが、歌を詠んでいるので」

「わしの知り合いも、右方にいる。だが、つまらん」

そう言って常則はあくびをした。

つまらなそうな常則とは裏腹に、会場はどんどん白熱していく。念者の応援の声はだんだん怒鳴り声に近くなってきた。気が付けば、歌会はもう終盤に近くなっている。

落ち着け、大丈夫だ。と私はほとんど自分に言い聞かせながら会場を見つめていた。

「お前が落ち着け」と言われたがこれが落ち着いていられるか。

「ん？」今誰が言った？

見上げると、壬生が私の横に立っていた。

「ちょ、何勝手に会場から出てきてんのよ！」

うっかり怒鳴ってしまい、隣にいた先生に拳骨をもらった。痛い。

「《何勝手に中座してるのよ》」頭をさすりながら小声で言った。

「気にしてる奴などおらんさ」

「気付かれたら終わりだと思う。さっさと戻りなさいよ」

「言うことがあって来た」

「？　なに？」

「歌を聞け」

「聞いてるよ」

「聞いたら返事をしろ」

「…………………へ？」

「分かったな」

壬生はもう一度念を押すと、ポカンとした私を残して、会場の喧噪《けんそう》の中に戻っていった。

和歌では恋の歌が圧倒的に多い。恋をするのに和歌が必要なツールだったからだ。御簾の奥にいる姫に気持ちを伝えるには恋文と恋歌が必要だったし、お付き合いをして逢瀬《おうせ》となったら、帰る時にきぬぎぬの歌とかいう恋歌を書かなければならない。結婚しても、通い婚なので、会いに行けない日は手紙に歌を添える。旦那があんまり通ってこないと、女のほうから催促の歌を書くこともある。

恋愛に必要なツールこそ流行の母である。歌とは、恋に必要だから広がった文化だと言っても過言ではないだろう。人の数、恋の数だけ恋歌は存在していた。それこそ星の数というやつだろう。それだからこそ、その中からぬきん出るのは困難である。

平安初期の歌合わせは、そのほとんどが最後のトリに恋の歌を据えている。最も注目され、同時に最も難しいお題だからだ。壬生忠見と平兼盛の歌はその恋歌の中でも間違いなく特出したものだった。あまりに特出してしまった故に、二人の歌は、悲劇を生んだのかもしれない。

ふと、思考から現実に戻ると、あれほど騒いでいた会場が静かになっていた。十九番の勝負が終わり、歌会に参加した人々は、最後の歌を待っている。千年残る歌が詠まれる瞬間であり、同時に壬生の運命が決まる瞬間でもある。

『……良いのか？　お前はここでは所詮鬼だ。居場所などない。長くいるほどに、お前自身が見たくもない結果を見ることとなるのだぞ』道明阿闍梨の声が頭の奥で響いた。一ヶ月以上壬生を助ける方法がないか足掻いてみたところで、私にできたことはほとんどなかった。できるのは、祈ることだけだった。

「こひすてふ　わがなはまだき　たちにけり　ひとしれずこそ　おもひそめしか」

「しのぶれど　いろにでにけり　わがこいは　ものやおもふと　ひとのとふまで」

「……」

歌が読み終わっても、会場は静まったままだった。念者も判者も批判することも、評価することも忘れて、口をつぐんでしまった。あれほど辛らつな批判を繰り返していた人たちが、声も出ない。藤田さんが言っていたように、判者も評価を下すことができない。それほどの歌だった。

しばらくして、何とか口を開いた審判は引き分けを宣言した。しかし、

「しかと定めよ」

御上からどちらが上かを決めろと声がかかった。恋の歌は二十番勝負の最後だったし、御上も最後が引き分けでは盛り上がりに欠けると思ったのだろう。

しかし、後世にまで残るこの二首である。判者はどちらが優れているとも言えず、ついには「お許しを」と床に額を付けて黙ってしまった。審判の人にしても面子がかかっている。へたなことを言って、後世まで馬鹿にされるわけにはいかない。

このとき、予定外の事が起こった。

「――ならば、見方を変えて勝負を決するのはいかがか？」

声を上げたのはほかでもない、平兼盛さんだった。

「へ？」

こんなこと知らない。私は素っ頓狂な声を上げて、格子から兼盛さんを見つめた。

「近頃、歌会で面白いものを見ました。その歌会に来た絵師は、歌を聞いてそれを題材に絵を描いておりました。屏風歌としては順序が逆ですが、なかなか趣があってよい絵でありました。ここには右方、左方、両陣営の画工司が控えております。どうでしょう。ここは一つ、屏風歌にて、歌の絵姿を比べてみるのはいかがでしょう」

「それはよい」

兼盛さんの提案に真っ先に乗ったのは、判定に窮していた判者の男たちだった。

判者の藤原実頼《さねより》も源高明も、どちらも芸術に詳しい人である。絵を判定をするのに問題はない。

「話によれば、左方には巨勢相覧、右には飛鳥部常則がおるそうではないか」

一人の貴族がそう言い、判定に詰まって停滞していた場の空気が沸いた。どちらも名の知れた絵師だ、ファンも多い。

「どうでしょう？」

藤原実頼が御上に訊いた。

「よきに」

御上は短く承認した。

「では、巨勢相覧、飛鳥部常則、両名、御前に」

言われて二人の絵師は立ち上がった。

常則はだるそうに立ち上がると、「つまらん」と口癖のようにつぶやいた。

先生は立ち上がったまま動こうとせず、常則が会場のほうに向かっていくのを目線で見送った。

それからゆっくり数歩歩いて、私の横を通ろうとして、足を止めた。

「何か？」

「――お前は描かないのか？」

先生はつぶやくようにそう言った。

私は言っている意味が分からず、しばらく先生の表情のない顔を見つめていた。

格子を隔てた先で歓声が聞こえた。お酒が入っていることもあり、貴族たちは希代の天才絵師飛鳥部常則の入場を、手を打ってたたえている。

「――私が、飛鳥部常則の相手なんてできるはずないじゃあないですか」

私には、何で先生がそんなことを言うのか分からなかった。

「それでいいのか？」

「何度も言わせないでください！　私に先生の代わりができるわけないじゃないですか」

普段は弟子の反論など許さない巨勢相覧が、私の声が聞こえなかったかのように立ち止まっていた。

「私は、壬生に勝ってほしいんです。そう願う以外にできることなんてありません」

「……」

先生は黙って私を見下ろしていた。

「相覧殿、巨勢相覧殿！」

会場から呼ぶ声がして、先生はゆっくりと歩き出した。

日はすっかり落ち、会場の中庭には松明が焚かれていた。

私は、身じろぎもせずに格子越しに、二人の絵師を見守った。

平安時代の二大絵師の対決である。絵師たちが筆を滑らせるたびに会場から感嘆の声が上がり、ため息が漏れた。

「先生……」

私はただ祈った。壬生に勝たせてくれと、神様に願った。

できあがった絵が広げられ、松明に照らされる。判者たちが、その正面から絵を見据えた。

しばらくの沈黙の後、
判者から、左の壬生忠見の勝ちとする声が上がった。

◯

運命は変わった。

壬生は死なない。

壬生は御上から認められ、衛門大尉に任ぜられた。歌会に出た政府中枢の方々からも賞賛の声を受け、その前途はまばゆいばかりに輝いているはずだった。

そのはずだった。


「断った？」

私は訪ねてきた平兼盛さんに詰め寄った。

歌会から数日、突然私の前に現れた兼盛さんは、壬生が御上からもらった役職も、褒美の品々も、全て返上したと私に告げた。

「どういうことですか！　壬生は勝ったのに、なんで！」

袖をつかむ私に、兼盛さんは困った顔を返すことしかしない。私はらちがあかないと立ち上がって外に飛び出した。本人に問い詰めればいい話だ。汗でびっしょりになりながら駆けて、壬生の家の門を押した。

「え？」

家の中は空っぽだった。

一つずつ部屋を確認して回ったが、人どころか、野良犬さえそこにはいなかった。

「なんで……どこに行ったっていうの？」

　何が起こったのか分からず、唖然として家に帰ると、兼盛さんはまだ私を待っていた。

「どうして？　どうして壬生がいなくならなきゃいけないの？」

　私は兼盛さんの胸ぐらをつかんだ。

　兼盛さんはなんだか冷めたような目で私を見ていた。

「あの人の求めていたのは歌会での勝利でも賞賛でもなかったのでありましょう」

「嘘！　壬生には夢があって、たくさんの人に歌を、芸術があるんだって伝えたくて――」

「だが、伝わらなかった」

　兼盛さんは固い声で言った。

「最も伝わってほしい人に、彼の渾身《こんしん》の歌は届かなかったのです」

「なにそれ、届かなかったって、会場の人はみんな褒めてたのに、誰に――」

　え？

「ちが……私、壬生に勝ってほしかっただけで……」

　壬生に死んでほしくなくて、ただそれだけに必死で……私は、歌の一番大事なことに気が付かなかった。

「彼の歌は、それは天地も躍るようなできだった。しかし、それは相手の心までは届くことはできなかった。届けたい相手に届かぬ歌など、茶番ではありませぬか、芸術が天地も動かすと信じていた男が、その後に何ができましょう？　いかに美しい歌を紡ごうとむなしいだけではありませぬか」

「嘘……」

私が壬生の夢を壊したっていうの？

「でも、私が先生の代わりなんてできるはずないじゃない！」

私はヒステリックに叫んだ。叫び出さないと立ってられない気がした。

「誰も、ほかの誰かの代わりになどなれない。天地も躍るような恋心を受け取ることなど、巨勢相覧にもできはしない。恋歌を受けられるのは、歌を受けた本人だけなのだから」

「無理だよ、できるわけないじゃない！」

頭の中を菅原道真の紅葉が駆けた。在原業平の桜が流れた。

壬生は、私にそれができると少しも疑っていなかった。歌を信じていたから。

「どうするのです？」

あわてて制服を引っ張りだして出ていこうとする私に、兼盛さんは訊いた。

「追いかけるの、壬生がどこに行ったのか教えて！」

「彼の母の故郷、摂津《せっつ》でありましょうな。しかし――」

兼盛さんは困った顔をして首を振った。

「無駄ですよ。折れてしまった彼の歌にかけられる言葉などもうない」

「でも」

旅支度をしようと、勢いよく棚の物を引っ張りだしたら、そこに詰めていた画用紙があふれ出した。その数は二百を超えている。その全部が梅にとまっている二羽の鳥の絵だった。

「ほう」

兼盛さんがその一枚を見つけて、目を見張った。

私もそれを見つめて、自分がどれだけ馬鹿だったのかを知った。

その中の一枚。それは、梅の木にとまる二羽の雀――それは、藤田さんの家にあった掛け軸。藤田さんが褒め、目標だと言ってくれたあの掛け軸。

誰でもない、これは、私が描いた物だったのだ。

「なんて馬鹿なんだ……」

声を上げる間もなく、その絵から、暴風が吹き荒れ、私の体をばらばらにした。

○

蛍の光が流れている。空調の音がして、周囲の空気が過不足なく温度も湿度も調整されている。夕方なのに、まぶしいほどの光が天井のLEDライトから降り注いでいる。私は美術館の展示場に座っていた。

「え?」

閉館を知らせる音楽が流れ、周囲には誰もいない。平安時代に飛ばされたあの時のあの時間だった。

「戻った……?」

私は唖然と寝殿造りではなくなった天井を見上げた。

「はは……」

乾いた笑いが漏れた。ただ、壬生の夢をめちゃくちゃに壊して、それだけして、私は戻ってきた。なんてひどい終わりだろう。なんてひどい女だろう。

道明阿闍梨の笑いが聞こえた気がした。ほれ見たことかと嘲笑《ちょうしょう》する声が聞こえた気がした。

それが本当なら救われる。だれかが罵ってくれたら、ほんの少しでも、罪を償える。

でも、そんなことはない。ここには私がどんなことをしたか知る人間は誰もいない。

誰も私を罵ってはくれない。それは本当にひどい。

私は笑い混じりに目の前の掛け軸を見上げた。見上げて、私の笑いは凍りついた。

掛け軸の絵が、すっかり変わっていたのだ。

平手打ちのような衝撃が、私の顔を襲った。

嵐が吹き荒れていた。

あめ、大雨だ。

広重《ひろしげ》を思わせる横殴りの雨が、平原を打ち据えている。風がススキを打ち倒し、嵐が木々をねじ曲げている。川は増水し、平原の横を濁流がうねっている。抗《あらが》いようもない嵐の中を、枯れ木のような痩せた娘が進み、暴風に立ち向かっていた。

君が行く　道の長手を　繰り畳ね　焼き滅ぼさむ　天の火もがも

掛け軸にはそう書かれていた。

見間違えるはずもない。藤原時姫の真作だった。彼女の感情だった。突然に消え去った私への渦巻く怒りだった。

運命から消え去った奴への、逃亡を許さないという宣言だった。

掛け軸は容赦なく私を叱り付けた。

『あきらめんな、馬鹿野郎』

私の膝は弾かれたように立ち上がり、駆け足で展示室から飛び出していった。

○

美術館の前の道を横切り、欅《けやき》並木を通り、そのまま真っすぐに突き進んだ。

美術館を出た時は霧のように細かくなって顔に当たっていた雨は、甲州街道《こうしゅうかいどう》に入ってから強くなり、今や石つぶてのようになって、私の顔を殴っていた。

「痛ってえ!」

誰にともなく文句を言ったが、バケツをひっくり返したような雨は、轟音《ごうおん》でその言葉さえも飲み込んでしまう。

呼吸する口にも雨は舞い込み、ゲホゲホとむせながら、私は走り続けた。止まりそうになる足と、もう止まろうと促す肺をどやしつけながら、前傾姿勢を維持して私は走り続けた。藤田さんと別れてから、かなり時間が経っていたのだろう、藤田さんにはいつまで経っても追いつけない。五キロを走った頃には、この距離でこの雨なら、バスで行くのではないかと、今更になって気が付いた。

でも私にはある確信があった。道明阿闍梨が言ったように、私と時ちゃん、そして藤田さんとは、切っても切れない縁でつながっている。私の行く先にはきっと彼女がいるはずだ。目を開けるのも辛い雨の先に、私はコンパスのように歩くロングヘアの影を探した。

「藤田さん！」

私は肺に残っている酸素を全部使って彼女の名前を呼んだ。

雨の向こうの黒髪の影は、不機嫌そうに振り返った。

「御厨さん、あんた――うっ……と、大丈夫？」

私があまりにもかわいそうな姿をしていたせいだろう、全力疾走してぺなぺなになった女子高生を叱り付けるのはさすがにはばかられたらしく、藤田さんは私に傘を差し掛けた。

「藤田さんごめん、あの……」

息が続かない、しばらく私は荒い息で酸素を取り込み、切れ切れに言葉を紡いだ。

「蔵の……掛け軸を……………見せて」

「は？　そのために走ってきたの」

「お願い、大事なことなの！」

私はぺなぺななまま詰め寄った。死にかけの虫女には、ゾンビか物の怪的な迫力が出ていた。

「……いいけど」

私に気圧される形で藤田さんは頷いた。

「拭きなよ」

藤田さんは自分の家に私を招き入れると、バスタオルとジャージを差し出した。

「いいよ、それより掛け軸を見せて」

「あんた、濡れたままで掛け軸に触る気？」

藤田さんの声には鋭さが戻っていた。現代ではさっき喧嘩別れしたばかりなのだ。

「着替えたら来て、蔵の入り口を開けておくから」

藤田さんは傘を差すと、もう一度外に出て行った。

藤田さんちの蔵は、私の実家より大きかった。さらに言うと、壬生邸よりも大きかった。

中には電気も通っており、入ると業務倉庫のように、綺麗に整頓されていた。

「なんか、イメージと違うね」

「兄さんが整理したのよ。美術品好きでね」

藤田さんは何年か前に作られたらしい少し黄ばんだ大学ノートをぺらぺらとめくった。

「梅と雀の……掛け軸？」

「そう、藤原時姫が所蔵してたやつ」

「私、話したっけ？　その掛け軸のこと」

「えっと……私が知ってるんだから、そうかも」

「……見る価値ないよ」

「え、なんで？」

「へえ、それは言わなかったんだ。見れば分かるよ」

そう言って藤田さんは蔵の中を進むと、木箱が積んである奥に向かった。

藤田さんは、山を崩して中のものを掘り返した。おおざっぱな彼女は筆やら皿などをこぼしながら山を探っている。今は亡き、整頓好きのお兄さんの努力が無に帰そうとしていた。

「あ、これこれ」

箱に貼られた比較的新しいシールの番号をノートと照らし合わせて、細長い箱を引っ張りだした。

「どうぞ」

藤田さんは箱を無造作に開けると床に掛け軸を広げて見せた。

私は絶句した。掛け軸はその半分が、齧られたようになくなっていた。

「安元《あんげん》の大火《たいか》で燃えたって聞いてる」

「そんな……」

私はしばらく、声もなく焼け焦げた掛け軸を見つめた。

やっぱり無理なのだろうか――――いや。

「藤田さん、ラップ貸して」

「ラップって、台所にあるやつ？」藤田さんは首を傾げた。「使うの？」

「うん、お願い」

藤田さんが台所に向かうと、私はその間に周囲にこぼれた筆を拾い、床に放り出された大学ノートに目を走らせた。

「これでいい？」

藤田さんはラップを差し出したが、私はそれを受け取らずに土下座をした。

「お願い、これを使わせて」

私の目の前には古い筆と、唐伝来の色墨が並べられていた。どれも見覚えがある。時ちゃんが使っていた日本画セットだ。当然平安期の代物、どれも数百万ではきかない道具だ。

「お金は働いてでも返します。お願いします」

私は額を床に付けた。

「……使えるの？」

「使えます！」

藤田さんはしばらく訝しげに私を見ていたが、返事は予想外のものだった。

「別にただでいいよ」

「そんなわけには、いかないよ」

「いや、そうじゃなくて、困ってたのよ」

「え？」

「ほら、その筆、まだ現役で使えそうでしょう？」

「うん」

「何度も修理したんだけど、すぐだめになっちゃうのよ。筆って、定期的に膠《にかわ》を吸わせないとだめなんだけど、正直、使える人がいないの。このままだと、せっかくの筆を捨てないといけないのよ。御厨さんがそれを使えるって言うんなら、いいよ、使って」

今度だめになったら、谷保天神《やほてんじん》の筆供養行き（お焚き上げ）になるそうな。

「分かった」

私は墨を磨って用意をすると、掛け軸の上に墨が浸みないようにラップを敷き、その上に紙屋紙を載せた。薄く透ける下の掛け軸を確認して私は頷く。

私はふと、気になっていたことを訊いてみた。

「ねえ、藤田さん」

「何？」

「藤田さんは、短歌のどこが好きなの？」

「急に訊くね」

平安時代に行ってみて、本物の歌人と交流を持って、それから千年後の人が、いかにしてそんな昔の人のことに興味を持ったのか気になった。と言っても藤田さんは信じてくれないと思うんですよ。

「どこが、っていうと……手紙だから？」

「手紙？」

「短歌って要は、一人の人が、一人の人に何か伝えたくて、書くものでしょう？　恋人とか、もう死んじゃった人とか、あるいは上司とか、天皇陛下とか、それって手紙じゃない。それを盗み読みするのが楽しいの。誰かの返事を待っている手紙を横から読む感じ、それってすごい楽しい」

「下世話《げせわ》」

「そうだよ。立派で高尚だったらきっとくそつまんない。覗きだから楽しいの。でも、それこそ原初の芸術でしょう？」

「覗きが？」

「一人の人が、何かを伝えたくて、一人の人に作る。人間同士をつなぐ何か。それが私の思う原初の芸術。それが、私を支える根幹だよ」

――くそう。

私は苦笑いした。

「やっぱり、藤田さんには敵わないなあ」

私は心からつぶやいた。

「どうかな」

藤田さんも不敵に笑った。

「どうだろうね」

この世の中は強敵にあふれている。でも、相手がどんなに強くたって、敵わなくても、私はやらなくてはいけない。私は筆を振り上げて呟いた。

「ことのはの　なかをなくなく　たずぬれば　むかしのひとに　あひみつるかな」

○

「あんた何者？」

滑っていく私の筆を見つめて、藤田さんは言った。

自分が思っていたより、私の腕はスムーズに動いた。巨勢相覧のしごきのたまものである。筆が自分の体の一部みたいだ。

「巨勢相覧の弟子で、壬生忠見の――」

言いかけて私は手を止めた。

「壬生忠見を好きな女子高生」

言った言葉に納得して、私はさらに早く筆を滑らせた。

数時間後、私の前には、梅と雀の絵が復元されていた。

荒い息をついて、私は、絵の前に手をついた。さすがに全力疾走の後では体力が続かない。

「……さあ、吹いて」

私はすがるように、絵を見つめた。しかし、風が湧き起こる様子はない。

それはただの絵だった。

「頼むよ」

風は吹かない。

「お願い」

私は絵に土下座した。しかし、変化は起こらない。何かが足りないのかもしれない、でも、それが何かは分からない。

「私の絵でしょう？　言うこと聞いてよ」

騒ぎ出した私に、藤田さんは困った顔をしている。彼女にはとことん迷惑をかける。

これ以上心配させたくはないのだけれど、今の私は絵に語りかけることしかできない。

「お願いだから」

私は絵をばんばんと叩いた。

「頼むよ。何でもするから、あの人の許に、壬生のところに行かせて！」

叫ぶようにして拳を叩きつけると、強すぎたのか、拳が取れてしまった。

いや、取れたのではなく、

手首がどこかに消えてしまったのだ。

ゆらりと揺れた紙屋紙から、暴風が吹き荒れた。

〇

目を開けると、そこは後涼殿の控え室だった。

「歌会の日……？」

私は周りを見渡した。熱気、ざわめき、全てがあの時のままだ。

「話によれば、左方には巨勢相覧、右には飛鳥部常則がおるそうではないか」

会場のほうから、デジャブのように聞いたことのある言葉が聞こえた。

歌会の日で……いいんだよね？

「では、巨勢相覧、飛鳥部常則、両名、御前に」

先生を呼ぶ声がして、二人の絵師が立ち上がった。

私の横まで歩いてきた先生が口を開きかけた。

「待ってください！」

私は立ち上がって叫んだ。

「私に描かせてください。壬生の歌は私が描きます！」

会場の高官たちが、何事かと格子越しに私を見つめた。

「何者だ」

判者の実頼さんが私に言った。

「御厨紀伊です。相覧先生の弟子をしています」

「聞かぬ名だ」もう一人の判者の源高明さんが首を傾げた。「なぜ、名も上がらぬものを歌会に上げねばならぬ」

「それは……」

「女房歌合わせだからです。漢詩合わせを男歌合わせと言うように、これは短歌の歌合わせ、女が主役の会であるはずです。男ばかりで最後を決してしまうのは無粋ではありませぬか」

声を上げたのは時ちゃんだった。その声に左右の応援席にいた、女房たちがざわつき出した。

「しかし、我らも、巨勢相覧と飛鳥部常則両名の試合だからこそ承認したのだ。お前に巨勢相覧の代役ができるのか？」

「頑張りますから！」

私は押しの一手を決め込み、頭を下げた。

「そうは言われても……」

会場の高官たちの目線は冷たい。沸いた空気に水を差されたように、空気が悪い。当たり前だ、名前も知らない小娘を巨勢相覧の代わりに出そうなんて正気の沙汰《さた》ではない。そんなことを許せば、御上から叱責されて左遷されるだけだ。

「面白いではないか」

しかし、支援は思いもかけないところから飛んできた。

「兼盛よ、先日お前が持ってきた掛け軸はこの女が描いた物だろう？　この常則、図らずもこの女の奇異なる絵を良いと褒めあげてしまった。巨勢派の相手などつまらんと思っていたが、それなら面白い。俺はこの女を全力で屈服させたい」

飛鳥部常則が笑いながら言った。

「しかし……」

実頼さんは渋い顔をした。

「なに、しょうもない絵を描くようなら、その女の素っ首切り落とせば良いではないか。のう、かまわぬだろう？」

常則は笑顔をへばりつかせて、冗談ともつかない物言いで私に言った。

「巨勢相覧殿はいかがか？」

審査員は泡を食って先生に水を向けた。

先生はすがるような目の私に鋭い一瞥《いちべつ》をくれてから、口を開いた。

「藤原実頼様、源高明様、絵を愛するお二方とは長く親交を持たせていただいている。だからご存知のことと思いますが、わしは卑屈な女が嫌いだ。頭を下げて、自分を卑下していれば嵐が過ぎ去ると思い込んでいる女が大嫌いだ。これは、その見本のような女だった」言ってくれるな暴走老人。「だから、わしはこいつを追い出すつもりでしごいた。男でも泣いて逃げ出すほどにな」

巨勢相覧のしごきを知っている審査員たちは顔を青くした。

「だが、こいつはここにいる。お分かりか？　わしのしごきに耐えて、わしの隣におる。こいつはわしの弟子だ。わしの弟子につまらん絵を描く者など一人もおらん。常則殿、首が欲しければわしの皺首をやろう。弟子がつまらぬ物を描いたなら持っていくがよかろう」

先生は圧を持って官僚たちを睨みつけ、彼らをのけぞらせた。

「ははは、これは断れぬな。よりにもよって巨勢相覧が首をかけてしまったぞ。どうする、兼盛」

常則さんは楽しそうに笑った。この人もちょっと正気ではない。

「私は壬生殿が良いというのならかまいません。どうでしょう」

兼盛さんはそう言って壬生を見つめた。壬生はじっと私を見つめた。

「あの女は俺が手に入れた、俺の絵師です。俺の歌ならば、あやつが描かなければいけない。そう決まっている」

顔を上げた壬生は悪ガキのように無邪気に笑った。

「御上……」

困り果てた実頼さんは、天皇陛下を見つめた。

「よきに」

天の声が下り、話が通ってしまった。

私はぎくしゃくと清涼殿の廊下を進み、常則の隣に座った。すでに目の前には絵の道具が据えられている。

「臆《おく》せずによう来た」

常則さんは筆を取って嬉々と笑った。

「臆してますよ」

馬鹿を言うな、怖くないわけはない。逃げ出したくないわけはない、それでもやるのだ。

私は震える手で筆に手を伸ばした。しかし、筆をつかむことはできず、ころころと転がった。慌てる私に、周囲から嘲笑が飛んだ。

私は震える体を支えながら、深呼吸して、何とか筆を拾い上げた。

「馬鹿な女だな。そんな羽虫程度の胆力でこの常則に挑んだのか」

常則は呆れたように言った。

「そうかもね」

先生の代わりに私が描いたからって、未来が良くなるかなんて分からない。私は馬鹿だ。それでも、馬鹿だってやらなければならないことがあるのだ。

「──壬生」

私は嘲笑を縫うように、小さく壬生に声をかけた。

「歌って」

「顔を塞がなくて良いのか？」

壬生が冗談めかして言った。

「いいよ、ちゃんと聞こえるから」

私は正座して目を閉じた。

嘲笑の中でも、私は壬生の息を吸う音を聞き分けることができた。壬生の声が聞こえる。今の私にはこんなに嬉しいことはほかにない。

「こひすてふ　わがなはまだき　たちにけり　ひとしれずこそ　おもひそめしか」

ぐいっと背骨を引き上げられたような感覚が駆け抜け、私の視界は闇より深く、暗転した。

風の音がする。

ヒュウヒュウと、いや、違う、自分の呼吸音だ。

息を切らせて、走っている。どこまでも平坦な荒れ野を私は走っている。

目的なんてない。私はただ、走るためだけに走っている。ただ、走らなければという気持ちだけを抱えて、走り続けている。

心臓が悲鳴を上げ、筋肉が限界を超え、全身が乳酸と苦痛にまみれている。

そのはずだ。それなのに、あらゆる苦痛を凌駕《りょうが》して、痛みを無視させる何かが、とっくに限界を超えている私を走らせる。壊れた機械みたいに足を回して、私を前進させる。いつまでも、いつまでも走らせる。

ついにあらゆるエネルギーを使い切った膝がくずおれ、私は受け身も取れずに地面を転がった。

動く力を失った筋肉と、消化する力をなくした内臓と、考える力を失った脳みそを横たえ、私を生かすために心臓と肺だけがかろうじて自立して活動している。

酸素をめいっぱい吸い込んで、私はやっと気が付いた。

恋をしているらしい。

恋してます。すれちがっただけの人にも、それがばれてしまうくらいに。
恋してます。理由もなく、深夜の道を全力疾走してしまうくらい。
恋してます。誰にも言っていないことなのにクラス全員に知られてしまうくらいに。
恋してます。電話の声でも、それが伝わってしまうくらいに。
恋してます。お風呂《ふろ》に頭まで沈んで絶叫してしまうくらいに。
恋してます。何もないのに、立ったり座ったりしてしまうくらいに。
恋してます。一呼吸ごとに、息が詰まってしまうくらいに。
恋してます。地面がぐらぐら揺れているみたいに。
恋してます。誰の目にもつかない暗がりで、不思議な踊りを踊ってしまうくらいに。
恋してます。うかれるんじゃあないと、叱られてしまうくらいに。
恋してます。わけもなくシャワーを全開にして頭から被ってしまうくらいに。
恋してます。理由もなく、水道水を何リットルも飲み続けてしまうくらいに。
恋してます。白飯だけを何膳も食べてしまうくらいに。
恋してます。くそつまらない冗談に爆笑してしまうくらいに。
恋してます。自分が恋してるのか、分からなくなってしまうくらいに。
恋してます。誰もいない空間でふへへへと気持ち悪く笑い出してしまうくらいに。

恋してます。歩く足が独りでに跳ねてしまうくらいに。
恋してます。喉に空気が詰まって、言葉もろくにしゃべれなくなるくらいに。
恋してます。恥ずかしくて悲鳴が出てしまうくらいに。
恋してます。ほんの少しの光でも、まぶしく感じてしまうくらいに。
恋してます。遠くからでも相手の気配を分かってしまうくらいに。
恋してます。近くにいると、相手の体温を感じてしまうくらいに。
恋してます。土砂降りの雨も平気なくらいに。
恋してます。笑って台風の中を突き進めるくらいに。
恋してます。高熱で世界が揺れてるみたいに。
恋してます。相手の手のひらを想像して、真っ赤になってしまうくらいに。
恋してます。相手の夢を想像して、無駄に跳ねてしまうくらいに。
恋してます。体が触れると、奇声を上げてしまうくらいに。
恋してます。目を閉じると手の感触が蘇るくらいに。
恋してます。寝床につくと、寝返りばかりしてしまうくらいに。
恋してます。歌に恋してしまうくらいに。
恋してます。文字に恋してしまうくらいに。

恋してます。

私は勢いよく筆を振り上げた。

その時私は『恋してます！』と叫んだらしい。

◯

判者から、右の平兼盛の勝ちとする声が上がった。

私は呆然とその声を聞いた。

ふにゃふにゃと『ありがとうございました』的なことを言って、ふらふらと後涼殿に歩いていった。そういえば、首は誰のも落とされなかった。

「負けちゃった」

会場から離れた真っ暗な廊下で私は座り込み、顔を押さえた。

やっぱり、壬生の夢をめちゃくちゃにしてしまった。

やっぱり私は――

「？」

大きな手が頭の上に置かれた。

「壬生……」

私は顔を上げずにつぶやいた。

「ごめん」

「気にするな」

顔を上げると、壬生の満面の笑みが正面にあった。

「ちょ、負けたくせに、笑うんじゃあねえよ」

私は怒鳴った。

「笑っているか？　気付かなかった」

壬生は本当に今気が付いたように言った。

「なんだ……」

私も笑った。なんだ、私はこれが見たかっただけなのか。

私は、自分の感覚に呆れた。壬生に歌を歌って、笑ってほしかった。それだけなのだ。

後涼殿の廊下を風が吹き抜けた。

「ぶ」

風に乗せられてきた紙屋紙が私の顔に被さってきた。

「何だ?」

壬生が取り上げたそれは、梅に雀の絵。

「複製のほうの――」

紙屋紙は風にふき荒らされ、花びらを散らすように、ばらばらになって飛び散った。

複製では、これが精一杯だというように。

「そっか……」

「なんだ?」

飛び散った紙屋紙を壬生は唖然と見つめていた。

「空広いなー」

外廊下から見上げれば、ビルのない平安の空は阿呆のように広い。山頂に登り切ったように爽快に広い。飛び散った紙屋紙は鳥のように空高くに昇っていく。途切れずに飛び散っていく。

紙屋紙と同じように、私の体は端からほどけていった。紙吹雪《かみふぶき》になって、私の体は吹き散らされていく。足下からほどけて消えていく。私はここから消える。

「えーと」

こんな時、なんて言って良いか私は知らない。

壬生は知っているんだろうか？　藤田さんは――

「壬生」

私は息を吸った。

「私、あなたのことが大嫌い。すぐ手が出るし、家は傾いてるし、天井に狸が住んでるし、稼ぎが少ないくせに家事も下手だし、優しくないし、偉そうだし、すぐに人の領域に踏み込んできて、すごい迷惑」

「……」

壬生は困ったような顔を私に向けた。

違う。ここ、もっと怒るとこだし。

「だから、だから――」

空気の読めない検非違使が私をぎゅっと抱きしめたので私はつい、口の端から押し込めていた言葉を漏らしてしまった。

「こひすてふ」

合唱部が美しい声を奏でている。私は絵の具と木炭の匂いに包まれながら、目を開けた。

〇

「え?」

そこは美術部の部室で、私は描きかけの石膏像のデッサンの前に座っていた。

顔を上げると、藤田さんがこちらに歩いてくる。

「あれ?」

歩いてきた藤田さんは自分が流している鼻血に気付き、ポケットからハンカチを出しかけて手を止めた。

「……御厨さん、そのティッシュ分けてくれる?」

藤田さんは私の箱ティッシュを指さした。

私はティッシュを差し出しながら、あることに気が付いた。

「あれ? うちの合唱部、こんなにうまかったっけ?」

おかしいな。合唱部はこの時間、壊れたレコードみたいに繰り返し練習をしていた

はずなんだが、

「大会常連校だもの、いつもこれくらいよ」

藤田さんは鼻にティッシュを詰めながら答えた。

「あれ……そう？」

私は首を傾げた。見上げた天上には、いつものちらつく蛍光灯がぶら下がっていた。

「藤田さん」

「何？　御厨さん」

天井を見上げて首筋を叩いていた藤田さんは私に目を向けた。

「私も、屏風歌やってみようかな」

「え、御厨さん、作品やるの？」

藤田さんは身を乗り出した。

「なんて言うか、国の中枢に乗り込むよりは、まだ、都の展覧会のほうが気が楽かなあと」

私は頭を掻いた。

「？」

藤田さんは首を傾げて私を見た。

「──ねえ、御厨さん。私、小さい頃にあなたと同じ絵画教室にいたんだけど、覚えてる?」

思いついたように藤田さんは言った。

「あー、その、つい前まで忘れておりまして……」

「私さ、ほかの習い事は何でもうまくやれたんだけどさ、絵だけは御厨さんには敵わなくて、これはだめだと思って、先生にやめますって言って、教室を出たの。そしたら御厨さんが追いかけてきて──」

「『ミケランジェロは古代ローマの彫刻を発掘して学んだ人で、モーツアルトもビートルズも古い民謡から学んで復活させた人だ。自分より大きな芸術ってものに立ち向かった人が偉人で、才能だけあった人は才人だ。才人になりたいって望むあんたは何も分かっていない──』とかなんとか言ったそうですね」

私は自分の言葉を繰り返してみて、頭を抱えた。

「『才人も良いけど、私は偉人のほうが楽しいと思う。君も一緒にやらない?』って君が言ったの」

藤田さんはにやりと笑って、私の鼻をつまんだ。

「約束、守るよね」

藤田さんは鼻をつまんだまま笑った。反論を許さない構えだ。

階下から聞こえる合唱部の歌声は、やっぱり以前よりうまくなっていた。

〇

壬生忠見が歌に負けて死んだと言うのは俗説で、本当は、歌合わせの後の歌も存在するのだという。それが、運命が変わってから変化した事実なのか、前からあった記述なのかは、私には分からないし、調べる術《すべ》もない。

でも、何か変わったのだと、変わっていてほしいと、私は心から願っている。

自分が壬生の夢の先を歩いているのだと、そう思いたい。

〇

「姉ちゃん、バナナケーキあったよね」

私は時計を見てわめいた。休日の朝、うかうかと寝過ごして、もう予定までの時間がない。

「あ、昨日食べちゃった」

「え、一本食ったの？　マジか」

「仕事してたのよ、絵描くとおなかすくのよ。素敵よ、甘い物食べ放題なのに痩せていくの。紀伊もやりなよ」

「やだよ。それよりなんかないの？　姉ちゃん、こういう時の女子力じゃん」

「ないものはないわよ。自力でクッキーでも焼きなさいよ」

「友達もう来ちゃうのよ」

「彼氏じゃないんでしょう？　女なら柿の種で十分よ」

知ったことか。と姉は私に柿の種を放って出かけてしまった。使えない女だ。

私は渋々と柿の種をつかんでお茶の用意を始めた。

私は沸いたお湯でカップを温め、来客を待った。

もう一度柿の種以外の何かがないかと戸棚を探ったが、梅味の柿の種が出てきただけだった。うちの家族はどれだけ柿の種が好きなのだ。

チャイムが鳴り、私はあきらめて玄関に出た。

「いらっしゃい」

「ごめん、御厨さん」

「？」

藤田さんは開口一番謝ってきた。

「どうしたの？」

「御厨さんの話したら、うちの兄ちゃんが会ってみたいってついてきちゃったの」

「へえ、お兄さんが――」

「うん、音大でピアノやってる人」

「んん？」

……………兄ちゃん？

私は藤田さんの後ろにある手の大きな影を見上げ……。

ぽとりと、柿の種を取り落とした。

あとがき

電車を乗り過ごしてしまうような文章が書けないかなあと思っています。

僕自身が電車を乗り過ごし、次の駅で反対側のホームに回って、誰もいない駅でただ一人次の電車を待っている状況がひどく不当な気分がするので、仲間を増やしてやろうという気持ちになっているのではありません。

読書をしていて、ふと自分の意識から周囲の情報が消えて、活字だけが世界の全てになってしまうような本に出会えること、うっかり電車を乗り過ごすような本に出会えることは幸せだと僕は思います。それを自分の文章で出来たらいいなあと思っているのです。

重ねて言いますが、調布《ちょうふ》駅で京王八王子《けいおうはちおうじ》行きに乗り換えなければならなかったところを、読書に集中していたためそのまま橋本《はしもと》行きに乗って京王多摩川《たまがわ》駅まで行ってしまい、誰もいない反対側のホームでひどく寂しい思いをしているからそういうことを考えたのではありません。

あなたが読書から得られる幸福が良質なものであることを、心から祈っています。

最後にお礼を申し上げなければいけない方々がいるので、ここに記しておきます。

僕の多くのミスや、過剰な改稿に根気強く付き合ってくださった編集の湯浅隆明《ゆあさたかあき》様。ありがとうございました。そしてすいません。

家族や職場の皆様、いろんな種類の迷惑をおかけして申し訳ありません。そしてありがとうございます。表紙を描いてくださった榎《か》のと様。雅《みやび》ですてきな絵をありがとうございました。

この本に携わってくださった全ての方々に、心からお礼を申し上げます。

2016年　京王多摩川駅にて

土屋《つちや》浩《ひろし》

土屋 浩 著作リスト

こひすてふ（メディアワークス文庫）

本書は書き下ろしです。

この物語はフィクションです。実在の人物・団体等とは一切関係ありません。

メディアワークス文庫

こひすてふ

土屋《つちや》 浩《ひろし》

発行 2016年9月24日 初版発行

発行者 塚田正晃
発行所 株式会社KADOKAWA
〒102-8177 東京都千代田区富士見2-13-3
プロデュース アスキー・メディアワークス
〒102-8584 東京都千代田区富士見1-8-19
電話03-5216-8399（編集）
電話03-3238-1854（営業）
装丁者 渡辺宏一（有限会社ニイナナニイゴオ）
印刷 株式会社暁印刷
製本 株式会社ビルディング・ブックセンター
※本書の無断複製（コピー、スキャン、デジタル化等）並びに無断複製物の譲渡及び配信は、
著作権法上での例外を除き禁じられています。また、本書を代行業者などの第三者に依頼して複製する行為は、
たとえ個人や家庭内での利用であっても一切認められておりません。
※落丁・乱丁本は、お取り替えいたします。購入された書店名を明記して、
アスキー・メディアワークス お問い合わせ窓口あてにお送りください。
送料小社負担にて、お取り替えいたします。
但し、古書店で本書を購入されている場合は、お取り替えできません。
※定価はカバーに表示してあります。

© 2016 HIROSHI TSUCHIYA
Printed in Japan
ISBN978-4-04-892395-8 C0193

メディアワークス文庫 http://mwbunko.com/
株式会社KADOKAWA http://www.kadokawa.co.jp/

本書に対するご意見、ご感想をお寄せください。

あて先
〒102-8584 東京都千代田区富士見1-8-19 アスキー・メディアワークス
メディアワークス文庫編集部
「土屋 浩先生」係

メディアワークス文庫

恋する寄生虫

三秋 縋

失業中の青年・高坂賢吾と不登校の少女・佐薙ひじりは、社会復帰に向けて二人でリハビリをしているうちに恋に落ちる。彼らは知らずにいた。二人の恋が、〈虫〉によってもたらされた「操り人形の恋」であることを。

み-7-6
463

招き猫神社のテンテコ舞いな日々

有間カオル

会社が倒産したため、着の身着のまま、東京の片隅にある神社に管理人として身を寄せることになった青年。しかし、その神社には〝化け猫〟が暮らしていた――!? 化け猫たちとの人情味豊かな同居生活を描く物語。

あ-2-6
314

招き猫神社のテンテコ舞いな日々2

有間カオル

東京の片隅にある神社で、管理人として細々と生活している青年・和己。虎、グレイシー、グレイヒーという三匹の〝化け猫〟たちとの喧嘩が絶えない生活にも慣れてきた、ある秋の日のこと、その事件は起こった――!

あ-2-7
369

招き猫神社のテンテコ舞いな日々3

有間カオル

神社の所有者である叔父が入院した。どうも重体らしい。叔父の養子からは「父が亡くなったら、神社から出ていってもらう」と通告される。もちろん俺だって、いつまでもこの神社に居座るつもりはないけどさ……。

あ-2-8
464

やり残した、さよならの宿題

小川晴央

僕が暮らす海沿いの田舎町には、〝時渡り〟の神様が祀られている神社がある。夏休みにそこで遊んでいた僕と鈴は、どこか不思議な雰囲気の一花お姉さんと出会った。――これは僕たちが過ごした、誰にも言えないひと夏の物語。

お-5-3
465